「俺も探索者になるよ。
だから、俺と一緒にダンジョンに
潜ってくれないか、琴葉？」
如月真央
幼馴染の琴葉を守るためダンジョンに潜るが、
最弱と呼ばれる【運び屋】になってしまう。
普段は倉庫作業の仕事をしている。

「いいの？　やった。
マー君と一緒に
お出かけできるの楽しみだな」
鏑木琴葉
当たりの職業と呼ばれる
【錬金術師】になった女子高生。
お菓子作りが得意で、
真央を「マー君」と呼び慕っている。

「私はマー君の言う秘密を絶対に守るよ。昔から私はそういうのはしっかり守るってマー君ならわかっててくれるとうれしいんだけど、信じてくれる？」
「大丈夫か？　絶対ってことは、クラスメイトとか仲のいい友達にも言っちゃ駄目なんだぞ？」
「わかってる。約束するよ、マー君」

ハズレ職業【運び屋】になった俺はダンジョンでレベルを上げる

カンチェラーラ

ぶんか社

C O N T E N T S

1 はじまり……003

2 ライセンス取得……007

3 お野菜ダンジョン……022

4 【調合】カレー……067

5 トレーニング……081

6 ポーション作り……108

7 モンスターハウス……122

8 レベルアップ……146

9 実験……159

10 鏑木家へ……203

11 新たなステップへ……228

1　はじまり

「にへへ。私、【錬金術師】になっちゃった」

そんなメッセージとともに俺こと如月真央《きさらぎまお》のスマホに届いた写真を見て驚愕《きょうがく》する。

近所に住んでいる幼馴染《おさななじみ》にして、俺の唯一といっていい女性の知り合いである鏑木琴葉《かぶらぎことは》。

その琴葉がナンパそうな男どもに囲まれた写真がスマホの画面に映し出されていたからだ。

「あいつ、周りのやつらが下心丸出しなのわかってねえのかよ」

琴葉はあまり社交的とは言えない俺と昔から仲がいい関係が続いているだけあって、どちらかというと地味な女の子だ。

いつも自分に対して自信がないような雰囲気で、猫背気味だし、前髪が伸びていて目が隠れ気味。

だけど、性格は優しいし、細かいところにも気が利くいい子でもある。

そんな琴葉がガラの悪い連中と一緒にいることなんかないだろうと思っていたが、まさかの事態だ。

【錬金術師】とか書いてあるな？

これはダンジョンに行ったということなんだろうか。

かつては物語の中の空想の存在であったダンジョンだが、今はリアルにこの世界に存在している。

ダンジョンに入るとそこはまさしく別世界だと誰もが口をそろえて言うそうだ。

一歩足を踏み入れるとそれまでいた空間とは別のところになっていて、モンスターと呼ばれる怪物が跋扈《ばっこ》している。

そんなものが出現して世の中は大変な騒ぎになった。

だが、現在は一応の小康状態になっており、昔のように大騒ぎの状態は鳴りを潜めていた。

それは対策が整いつつあったからだ。

というのも、別にダンジョンは放置してもそれほど問題はなさそうだと結論付けられたからである。

リアルに出現したダンジョンをそのまま何もせずに放置していたらモンスターの暴走が起こってスタンピードが発生する、なんてことは今のところ確認されていない。

なので、平穏な世の中に戻りつつあったのだ。

しかし、だからといって、以前までと同じままであるとは言えない。

というのも、ダンジョンの中ではこの地上では確認できない物質が手に入れられたからだ。

植物や鉱物、そして、モンスターも含めた生物の素材。

それらが今、現実にどのように利用できるかが世界中で検討されている。

そして、もう一つダンジョンがこの世にもたらしたものがある。

それが、【職業】と【スキル】だった。

ダンジョンに入り、一体でもモンスターを倒した者にはもれなく【職業】と【スキル】が手に入るのだ。

それはいわゆる異能の力をもたらすものだった。

琴葉の言う【錬金術師】も当然その一つである。

俺自身はあまりダンジョンのことに詳しいわけではないが、確かネットの記事でタイトルから得た情報では当たりの【職業】であるらしい。

【錬金術師】は回復ポーションなどを作ることができるそうで、ダンジョン内部に入る探索者の需要《じゅよう》が今後も伸びるであろうこの情勢下において、金銭的に苦労することはないだろうという話だったと記憶している。

そう、つまりは、だ。

ダンジョンに入って得られる【職業】と【スキル】はダンジョンの外である日常であっても使用できるということを意味していた。

【錬金術師】はダンジョンの外であっても素材をポーションに変えることができるからこそ、大当たりの【職業】なのだ。

ようするに、危険な場所に行かずに新技術を用いて金を稼げるということなのだから。

「俺も探索者になるよ。だから、俺と一緒にダンジョンに潜ってくれないか、琴葉？」

「いいの？　やった、マー君と一緒にお出かけできるの楽しみだな」

おそらくは、琴葉が当たりの【職業】を引いたことは画面に映る連中も知っていることだろう。

そんな琴葉が放置されるはずもなし。

ダンジョンで探索するために、などと言ってあの手この手で近づいてこられて、いいように使われてしまうかもしれない。

そんな未来が頭によぎった俺は、思わずメッセージを送ってしまっていた。

俺もダンジョンに潜る、か。

今まではそんなつもりはなかったのだが、急遽《きゅうきょ》俺は危険が潜むそんな未来を選択してしまっていた。

2　ライセンス取得

「えっと、なになに？　ダンジョンの探索者になるためにはライセンスの取得が必要、っと……」

琴葉からのメッセージを受け取った俺は早速情報収集に乗り出した。

今まであまり興味を示していなかったことだが、さすがにいきなりダンジョンに潜りに行く、なんてことはできないというのくらいは知っていたからだ。

異能の力を手に入れ、未知の物質を持ち帰る。

なんともロマンあふれる冒険に思えるが、これは現実で起きていることである。

何かわからないものを持ち帰ることを国が良しとしないのだ。

ダンジョンは放置しても大きな問題はなさそうであるということがわかった段階で日本ではほとんどのダンジョンが閉鎖された。

臭い物にふたをする。

それがこの国の出した結論だった。

だが、それは結局一部覆《くつがえ》されることとなる。

というのも、ダンジョンから持ち帰られたものが現世で有効利用できることを他国が証明していったからだ。

このまま、日本にできたダンジョンを封鎖して放置するだけでは、海外に後れを取ってしまう。

そうなってはならないと民間からの突き上げがあったらしい。

が、だからといって、はいわかりましたとはならない。

それも他国が示してくれたデータがもととしてあった。

小さな一かけらの物質が、思いもしない効果をもたらす高価なものである。

そんなことがごく当たり前に起こるダンジョン素材とそれがもたらす利益を反社会勢力が利用する可能性も十分にある。

それを資金源としてテロ行為が広がったケースも他国では現実に起こってしまった。

ようするに、国のためにダンジョンを活用していく必要に迫られてはいるものの、それをうまく規制し、制御する必要があるということになる。

こうして、ダンジョンに潜るには国が発行するライセンスを取得しなければならないという制度が出来上がった。

ダンジョンに潜る者は探索者ライセンスを発行された者に限られ、ライセンス保持者は常に国からの監視を受けることとなる。

ネットで調べた公的な情報でも、探索者の体内にマイクロチップを埋め込んで日常生活では常に位置情報を捕捉し続ける仕組みになっているようだ。

また、探索者が持ち帰った品などは基本的にダンジョン管理庁が管轄《かんかつ》する。

民間の企業がダンジョン素材を手に入れるためには、このダンジョン管理庁を通して手に入れるようになっていて、当然、それを希望する企業はしっかりと調べられてからでないと取引に参加できない。

一部では批判もある制度ではあるものの、こうしてできたシステムで現在のダンジョンは管理されている。

当然ながら、俺もそれを無視してダンジョンに潜ることはできないわけで、首輪をつけられた国の犬として未知の世界に飛び込むことになるだろう。

あまりいい気分はしないが、まあ、いいか。

自分自身では真面目一本でこれまでの人生を送ってきたし、これからもそうだ。

探索者に変なやつが紛れ込んでいる可能性が少ない分だけ、このシステムはこちらの身を守るためにもなるだろう。

そんな基本情報を軽く流し読みしながら、ライセンス発行のための受講料をネットで支払いを進めていく。

◇

「ここが探索者ギルド、か」

ライセンス発行のための申し込みを済ませた俺の元に、後日ダンジョン管理庁から郵送されてきた資料。

そして、その中に含まれていた案内書を鞄《かばん》に詰めてやってきたのが、通称探索者ギルドと呼ばれる施設だ。

通称、とあるように正式名称ではない。

国が用意したダンジョン管理庁が運営している施設の建物なのだから。

だが、誰がいつ呼び始めたのかは知らないが、ダンジョン管理庁などという堅苦しい名称よりもギルドという呼び名が定着しているということらしい。

一応、広く国民にダンジョンを開放するという名目でダンジョンの封鎖を解いたために、このようなライセンスを発行するための施設というのは各都道府県に用意されている。

もっとも、人の少ない田舎では数が少なく、都会になるほどに多い。

幸い、俺が住んでいる場所からはそこまで遠いところまで出向かずとも、公共交通機関を利用してすぐに到着した。

これはある意味で運が良かったかもしれないな。

ライセンスの発行には幾度かの講義を受ける必要があるために、ギルド施設へと何度か足を運ぶ必要があったからだ。

あまりに遠い場合にはめんどくさくなって途中でやめてしまう人もいるかもしれない。

今時、講義くらいはリモートでもいいんじゃないだろうかと思わなくもないが、ダンジョン内部は命の危険がある場所でもある。

さすがに誰でも彼でもライセンスが取得できるものではないということなのだろう。

さて、そんなギルド内部だが、まあありていに言ってしまえばそこらにある役所を連想させるものだった。

ロビーがあり、そこでは整理券が発行され、カウンターに人が順番に向かっていく。

俺はそのロビーの横を通り過ぎ、階段を上って上の階へと移動していく。

その上階にあるのはまた役所のカウンターであり、そこで案内書にあった書類に必要事項を記入したものを提出し、別室へと案内される。

「……結構いるんだな」

今日が土曜日だからなのか、それとも平日でも多いのか。

初回講習の部屋にはかなりの人数がおり、俺は空いている席を探すために部屋の中を見渡して着席する。

毎日、それなりの人数がライセンスを取りに来るのかもしれない。

まあ、しかし全員が本気で探索者として身を立てていこうと考えているわけではないだろう。

俺だってそうだ。

幼馴染の琴葉のことがあったから、ダンジョンに興味を持っただけだ。

琴葉と俺は幼馴染であり、昔からの知り合いではあるが、年齢は俺のほうが少し上。

琴葉はまだ学生で、俺のほうはというとすでに仕事をしている社会人でもあった。

今の仕事が取り立てていいというわけではないのだが、探索者のライセンスを取得してそれを今後の仕事にしていこう、などと考えているわけではない。

あくまでも、琴葉のことが心配になったから、というのが理由だ。

が、俺の志望動機とは別にして、ここにいる連中の狙いは違うだろう。

部屋の中でかたまって座っているような若い男連中は、ダンジョンで一旗揚げて一攫千金《いっかくせんきん》を狙おうと考えているかもしれない。

だが、一定年齢を超える者はどちらかというと【職業】狙いなのではないだろうか。

【錬金術師】は当たりの職業である。

これになれば、少なくともダンジョンが消え去らない限りは高額な報酬を手にし続けられる可能性が高い。

そんな可能性が、一切の勉強や努力なしに手に入るチャンスがあるのであれば、ある程度の受講費を払ったとしても高いとは言えないだろう。

ようするに、この部屋にいる半数以上の者にはダンジョンそのものよりもダンジョンで得られる【職業】とそれに付随する【スキル】が重要なのだ。

これればかりはやってみないとわからない。

各国で研究はされているのだろうと思うが、少なくともネットでの情報ではダンジョンに入る前に自身が手にする【職業】を判断することは無理ではないかというものばかりだった。

俺はどうなんだろうか。

できれば、当たりの【職業】を手に入れて、幼馴染とダンジョントークを楽しめたらいいのだけれど。

そんなふうに考えながら、俺は初回講習を受けたのだった。

◇

探索者ライセンスは運転免許証と似ている、と言われることがある。

教習所に通うように、何度も講義を受け、ダンジョンについての基礎的な知識を得る。

そうして、探索者ギルドで簡単な試験を行ったうえで、初めて仮ライセンスを受け取り、ダンジョン内部へと赴くのだ。

教官付きでダンジョンに入り、そうしてそこでも教えを受け、その後初めてのモンスター討伐を行う。

こうして、初のダンジョンでのモンスター殺しを経て、新たな力を得るというわけである。

これにより、ダンジョンから帰還後には【鑑定】によってどの【職業】を得たのかが受講者もすぐにわかるし、何よりも国がしっかりと情報を把握できるということなのだろう。

こんなふうに制度化されているおかげで、俺がライセンスを得るまでにはそれなりに時間が経過してしまっていた。

だが、ようやく俺はライセンスを得るに至った。

◇

「待たせたな、琴葉」

「ううん。いいよ、マー君。それで、いい【職業】につけたのかな?」

「……いや、俺の【職業】はハズレかな。琴葉みたいには当たりを引けなかったよ」

ギルドの教官と一緒に洞窟みたいなダンジョンに入り、小動物のようなモンスターをその手にかけて俺は異能の力を手に入れた。

だがしかし、だ。

ライセンスを取得するまでにある程度期間がかかり、その間、少なからず俺の心の中にも期待が膨らんでいたというにもかかわらず、俺はハズレを引いてしまった。

あまりにもショボい【職業】であったために、がっかりしてしまっている。

「そうなの？　なんていう【職業】だった？」

「【運び屋】だよ。琴葉の【錬金術師】みたいなレアでもない、数の多い雑用係の【職業】だな」

「【運び屋】か～。え、えっと、私は別にそれでも悪くないんじゃないかなーって思う、よ？　だって、どんな【職業】だったとしても、これでまたマー君と一緒にいられるんだから」

気落ちした俺を慰めるようにそう言う琴葉。

まあ、そう言ってくれるだけでも救われる。

別にいいはずなんだ。

幼馴染とはいえ、年齢の違いと学生か否かの生活環境の違いで、俺たちは以前ほど顔を合わせる機会というのはなかったからだ。

ダンジョンをきっかけにまた顔を合わせる口実ができただけでも、いいのは間違いない。

が、それでもやはりダンジョンという不思議なものに飛び込む決心をしたのだから、俺ももう少しロマンを感じる【職業】を得たかった。

【運び屋】はさすがに面白みにかけるのではないかと思ってしまう。

これがゲームならリセマラを間違いなくしているところだろう。

「ま、しょうがないか。文句を言ってもどうにもならないんだろうしな。俺はおとなしく、琴葉のために荷物でもなんでも運ぶことにするよ」

「えへへ。ありがとう、マー君。【運び屋】さんは重たい荷物も運べるようになるって聞いたことあるから、一緒に素材集めに行けるよね、きっと」

ダンジョン内部には基本的にモンスターが存在している。

ライセンス取得時にはさして危険のなさそうな小動物系のモンスターが相手だったが、当然、危険なものがたくさんいるのだ。

ダンジョンに行くのであれば、できれば戦闘職と呼ばれるようなもののほうが当然よかった。

それらの【職業】を得た者というのは、ダンジョン内での戦闘で活躍しやすく、未知の領域にも分け入っていくことがしやすいからだ。

ただ、【運び屋】だから戦えない、というわけでもない。

どんな【職業】であっても殴る蹴るはもちろん、武器を持てばモンスターに攻撃することはできる。

ダンジョンはすでに日常の、リアルな存在となっている。

戦闘職でないからといって、一切戦えないというわけではないのだから。

なので、気持ちを切り替えてこれからのダンジョンライフを楽しむことにしよう。

とりあえずは、護身用の武器や身を守る装備、それと講習で聞いた必要品を準備して【錬金術師】である琴葉と一緒にダンジョンに行ってみよう。

俺の次の休日に一緒にダンジョンへと潜ることを琴葉と約束し、どこのダンジョンへ行くのかあれこれと話し合いをお互いの気が済むまで行った。

◇

【運び屋】という【職業】はハズレである。

少なくとも今は多くの人間からそう思われている。

もちろん、ダンジョン管理庁による公式ホームページにはそんなことは一切書いていないのだが。

なぜ、【運び屋】にそんな評価がついたのかというと、この【職業】は代わりが利くからだ。

【運び屋】となったことで、通常よりも多くの荷物を運ぶことができるようになるものの、実はダンジョン内には車などの輸送機器が入ることが可能なのだ。

それこそ、大型のトラックですらダンジョンに侵入することが可能である。

なので、【運び屋】となった人間が荷物を背負って歩くよりも、トラックで次々とダンジョン素材を運び出してしまえばいい、となり、それが【運び屋】の評価の下落《げらく》につながった。

といっても、すべてのダンジョンにトラックが入ることができるわけではない。

ダンジョンは内部の様子が千差万別であるのと同様に、入り口の形や大きさもいろいろあるのだそうだ。

当然ながら入り口が小さかったり、段差のようになっているダンジョンにはトラックが出入りできない。

が、逆に言えば出入り口が大きければ問題なく入ることができるということでもある。

国が管理し、民間に開放されていないダンジョンにはそのようにトラックなどが出入りしやすいものが多数あると言われていて、日々ダンジョン素材を確保しているらしい。

国は優秀な人材をダンジョン内に派遣し、たくさんの素材を得ると同時に、さまざまな【職業】についての情報も手にしていった。

だが、その中で【運び屋】の情報というのは限られてしまっているというわけだ。

ダンジョン内での戦闘に有利な戦闘職であれば、モンスターとの戦闘を繰り返すことで新たにこんな力を手に入れただのなんだのと、興味深いデータが集まっているにもかかわらず、【運び屋】はそうではないということだ。

ちなみに、【錬金術師】も国から求められている【職業】であるためか、いろんな情報の開示があってうらやましかったりする。

「ただ、別になんの役にも立たないってわけじゃないのが救いだな」

琴葉とダンジョンに潜ることに決めた日の前日に、改めて公式ホームページを見ながら独り言をつぶやいていた。

自分の【職業】について面白みがないのは変わりないが、別にデメリットが発生しているわけでもない。

むしろ、メリット自体はきちんとあるのだ。

【運び屋】という【職業】を得たことで、俺は【スキル】を手にしている。

そのスキルは一つではなく、三つだ。

【重量軽減Lv1】と【体力強化Lv1】、そして【収集Lv1】というスキルがそうだ。

【重量軽減】というのは荷物の重さを減らしてくれるという、なんとも【運び屋】らしいスキルだ。

ちなみに体感重量ではなく、物理的にきちんと重量が軽減されるらしい。

このスキル一つとっても、物理学者は生涯頭を悩ませ続けることになるのではないだろうか。

この【重量軽減】があるおかげで、【運び屋】であれば頑張れば崖のぼりをしながら、重たい荷物も運んだりできるらしい。

実際に重量が減ることで、つかんでいる崖の岩が崩れたりしなくなるのだろう。

なので、トラックやバイクなどの輸送機が通れないところでも、ダンジョン素材を持ち帰ることができる可能性は十分にある。

もっとも、今はダンジョンにどんな素材が眠っているのかわからず、むしろより取り見取りだからこそ、効率のいい大型トラックを国などは使っているのだろうけれど。

【重量軽減】と同じく、【体力強化】も【運び屋】らしいスキルと言えるかもしれない。

これは、そのまま体力を強化してくれるありがたいスキルだ。

荷物を背負い、歩き続けることができるようになる。

まあ、スキルにはレベルというものがあるために、スキルを鍛えてレベルを上げないとそこまで大きな効果はないようだが。

Lv1だとちょっと強化してくれる程度だろうか。

ちなみにゲームでいうHPみたいな体力ではないので、いくらスキルレベルが上がっても俺の体の耐久力には影響しない。

なので、この体力は持久力と言い換えられる部類のものだそうだ。

そして、最後に【収集】だが、これはダンジョンで得た素材を集めてくれるものらしい。

実はひそかに期待していたのだ。

マジックボックスとかそういう能力なのではないだろうか、と。

異空間に荷物を入れて取り出すだとか、袋の見た目以上に内部を拡張して持ち運べたりできるのではないかと思ったが、全然違うらしい。ただ単に、ダンジョン内で手に入れた素材を自動で袋に入れてくれるのが【収集】スキルの能力らしい。

公式ホームページでは「薬草を収集」と考えながらダンジョン内で手を使い草むしりをしていたら、むしった草から自動で薬草を鞄の中に集めてくれるスキルである、と解説されていた。

なので、採取自体は各自の手を使ってやる必要があるのだとか。

便利っちゃ便利だが、微妙な感じだな。

ま、それでも【錬金術師】たる琴葉とともにダンジョンに行くならば、十分に活用できるスキルと言えるだろう。

改めて自分の【職業】についてのおさらいを終えた俺は、翌日のダンジョン探索に備えて、布団に潜り込み眠ることにした。

3　お野菜ダンジョン

翌日、琴葉とダンジョンへと向かう。

「……ふふ」

「ん？　機嫌よさそうだな、琴葉」

「うん。だって、マー君とお出かけなんて久しぶりだから。……実はちょっと寝不足なんだ。楽しみすぎて昨日あんまり眠れなかったの」

「おいおい、大丈夫か？　今日行くのはダンジョンだぞ？　体調不良ってんならやめといたほうがいいんじゃないか？」

「あ、ごめんなさい。でも、大丈夫だよ。今日行くところは危険度が一番低いダンジョンだから」

近所に住む琴葉を家まで迎えに行き、そのまま駅へと向かい、電車に乗った。

働いている俺のために、わざわざ日曜日の朝早くから電車移動しつつ、向かっているのはモンスターはびこるダンジョンだ。

ニマニマと笑いながらも、たまにあくびを噛《か》み殺している琴葉を見て、俺は思わず引き返すかと提案してしまっていた。

だってそうだろう。

ダンジョンに潜るための準備はしっかりしてきたし、初心者向けの危険度が低いとされているところを選んでいるとはいえ、怪我《けが》をしてはつまらない。

だが、俺の提案を思った以上に強く断ってダンジョンに行こうとする琴葉。

「もしかして、もうそのダンジョンに行ったことがあるのか？」

「うん。実はそうなんだ。クラスメイトの子に誘われて少し前に一回だけ」

「……クラスメイトってもしかすると前に写真に写っていたやつら、か？」

「え？　ああ、あの写真？　私が【錬金術師】になったよって、マー君に送った時のやつかな？

ふふ、違うよー。あれは友達の知り合いってだけで、別の学校の子だし」

友達の知り合い、か。

インドア派の琴葉だからその友達というのもおとなしい女の子なのではないかと思うのだけれど、そこからのつながりでチャラ男っぽい連中がいるのか。

電車に乗っている時間は話をするくらいしかないので、そのへんのことを軽く聞いてみたが、どうやら文化祭で琴葉の友達がナンパされたらしい。

その時は、声をかけられてちょっと話をしただけだったようだ。

が、その後にクラス内でみんなでダンジョン探索のライセンスを取りに行こうよ、という話になって実際に行った先で再会したのだとか。

なので、彼らチャラ男の狙いは琴葉ではなくその女友達のほうなのだとか。

「ってか、高校生も結構ライセンス取ったりするものなんだな。危ないからやめとけって言われたりするのかなって思ってたよ」

「講習のお金に学割利くんだよね〜。だから、夏休みとかで結構みんなライセンス取りに行ったりするんだよ」

「ああ、確かに社会人だとそれなりにお金かかったからな。どうせライセンス取るなら学割利くうちにってことね」

「うんうん。それに、これから行くダンジョンも学生向けとかに国が推奨しているところだしね。危なくなくておいしいダンジョンってパンフレットまで出てるんだよ」

「おいしいダンジョン？　危険度低いのに経験値効率がいいとか、そういうこと？」

「あはは一、それが違うんだよね。っていうか、調べてこなかったの？　今日行くのは、お野菜ダンジョンだよ」

……お野菜ダンジョン？

いや、そんな名前じゃなかったような気がする。

ダンジョンは危険度が一目でわかるように国からランク付けされている。

そして、公開された順番に番号が振られているために、今日向かっているダンジョンの名前は【F－47】というダンジョンだったはずだ。

一番下の難易度・危険度という意味でFクラスというわけだ。

決してお野菜ダンジョンとかいう名前ではなかったんだけどな。

「友達はみんなそう呼んでるんだよね。もちろん、マー君が言うようにF－47ダンジョンのことだよ。このダンジョンは野菜が採れることで有名で、おいしい野菜があるんだけどね。とくに今回の狙い目は甘～い果物なんだ～」

「……ダンジョンで食べ物を収穫して食べよう、ってこと？　なんかそれってピクニックみたいだな」

「そうそう、ほんとそれだよ、マー君。もちろん、ダンジョンだから気を付けないといけないんだけど、今日は一緒に楽しもうよ。ね？」

どうも、俺はダンジョンについて堅く考えすぎていたのかもしれない。

今時の高校生はダンジョンにピクニック気分で行くのか。

俺はスキルやなんかを中心に調べていたので、まさかそんなダンジョンだとは思ってもみなかった。

けど、それくらいのほうがいいのかもしれない。

ぶっちゃけ、まともなケンカすらしたことないしな。

モンスターと大乱闘を繰り広げるよりもはるかに楽しそうだ。

そんなこんなで、俺は幼馴染である琴葉とともに、お野菜ダンジョンへと向かっていったのだった。


自宅近くの駅から一時間もかからないくらいで到着した先に今日の目的であるF－47ダンジョンがある。

琴葉いわくお野菜ダンジョンだ。

俺にとってあまりなじみのない駅だったのだが、改札から出てその光景に驚いた。

「お野菜ダンジョンにようこそ」とアーチ状の看板が設置されており、道路の両脇にはいろんな店がずらりと並び、そこに多くの人が歩いていた。

「……これ、みんなダンジョンに行く人なのか？　なんというか、カジュアルな恰好《かっこう》の人が多いんだな」

周囲の人の姿を見て、俺は自分の姿に若干場違いな感じを受けてしまっていた。

俺は気合を入れてダンジョンに備えていた。

ダンジョン用に厚手の専用服というのを着こんでいるし、足の脛《すね》や腕につけるために軽量でありながらも硬さのある専用プラスチックカバーなるものを装備している。

そして、モンスターに対処するための武器として刃渡りが長いわけではないがまぎれもない刃物であるマチェットなんかも用意していた。

これは、法改正され位置情報を把握された探索者であれば銃刀法違反にならないものだそうだ。

さらには歩きやすく、足を守れるように登山用の靴だとか、サブウェポンにもなる丈夫な棒もある。極めつけは、【運び屋】なんていうものになってしまったがゆえに、琴葉のためにも荷物を持って歩けるようにと思い新しく購入した大型の鞄や背負子《しょいこ》もある。

こうして列挙《れっきょ》してみると、ダンジョン装備というよりは登山家みたいな感じかもしれないな。

アルプスなどを登る登山家を助けるための現地のポーターって感じだろうか。

ちなみに、琴葉は俺のような全体的に地味な色合いの恰好とは対照的に、非常に可愛らしい服装をしているが、これは【錬金術師】の女性向けに発売されているものらしい。ヒラヒラとした可愛らしいコスプレ衣装みたいな服で目立つんじゃないかと思って、電車などでの移動時に上から羽織る服を俺がプレゼントしたくらいだ。

だが、今になってわかった。

俺がダンジョン装備を用意していた時の琴葉の苦笑いの意味だ。

琴葉には、ずいぶんくそ真面目に気合を入れていたんだな、とでも思われていたのかもしれない。

なぜなら、このお野菜ダンジョンに向かう多くの人はまるでそこらの低い山にハイキングにでも行くかのような気楽な服装と装備で、俺のように大荷物を背負っていないからだ。

「お野菜ダンジョンのパンフレット、ねえ。観光地みたいになってんだな」

「そうだね。このダンジョンは中に入っても非アクティブモンスターばっかり、ってことで自分たちから手を出さない限りは襲われないからね」

「みたいだな。まあ、奥まで行けばそうとも限らないらしいけど」

駅の改札を出て、ダンジョンへ向かう道すがらに置いてあったフリーのパンフレットを一部手に取って、歩きながらパラパラと眺める。

俺の見ている部分を見て、隣で琴葉が言ってくるように、このお野菜ダンジョンでは自分たちから何かしない限りはモンスターには襲われたりしないらしい。

もっとも、必ずそうだ、と断言はできないようだ。

ダンジョンの奥に行けばアクティブモンスターもいるようだし、厳密《げんみつ》にエリアが分かれていないために入り口近くにもアクティブモンスターが現れることもあるらしい。

なので、モンスターには十分に気を付けるようにとパンフレットには書かれているのだが、それでも周りの人間にとっては安全なダンジョンであるという認識なのだろう。

そして、このパンフレットは決して注意喚起だけを目的にしたものではなかった。

一応の注意書き程度に危険なことは伝えてはいるものの、一番伝えたい内容というのはどこでどんな野菜が採れるかというものだった。

ダンジョン入り口から入ってどの方向に進めば、どんな野菜があるのかを簡略化《かんりゃくか》した地図で示してくれているのだ。

ありがたいことである。

「電車の中で琴葉の狙いは甘い果物だって言ってたね。ってことは、これが今日のお目当てなのか？」

「そうそう。この場所ではサクランボが採れるんだよ。前に行った時は数が少なくて私は二粒しか食べられなかったんだけどね、すっごくおいしかったんだよ」

「へえ。ならそこに行こうか。うまく見つかるといいな」

「うん。楽しみだねっ」

なんというか、本当にピクニック気分になってきてしまった。

だが、ある意味ではきちんと目的があるというのもいいことだろう。

むやみにダンジョン内を徘徊《はいかい》するよりは、そのサクランボを食べることを目的にダンジョンに潜る。

それもまた探索と言えるかもしれない。

こうして、二人の目的を意思統一して、俺たちはお野菜ダンジョンへと突入する準備を整えた。


駅から歩いて十分程度の距離にある探索者ギルドの建物。

そこに入り、所定の手続きを行った後、一度入り口とは別の扉を通って外に出る。

そこにダンジョンの入り口があった。

ライセンスを持たない者が勝手に出入りしないようにという管理なのだろう。

若干こんもりとした盛り土のような場所があり、その下に潜り込むような形で穴が開いていた。

人が横に並んだら三人程度は通れるくらいの幅があり、なだらかな下り坂になっているように見える。

どうやらお野菜ダンジョンことF－47ダンジョンは小規模な入り口のようだ。

もっと車なんかが乗り入れられるくらいに大きければ非公開のままだったのかもしれないな。

だが、この大きさでは軽自動車が無理やり突っ込んでいけたとしても、行きと帰りの車がお見合いになって途中で立ち往生しそうだ。

だからこその一般公開なのだろう。

そんなあなぐらに潜り込むようにして俺と琴葉はダンジョンに侵入していく。

多分、初めてこのダンジョンを見つけたのが俺だったら、こんなところに入ったりしなかっただろうな。

いつ崩れてくるかわからないし、どこまで続いているかもわからないからだ。

が、今は違う。

中にお野菜ダンジョンがあるというのは情報として知っているし、何よりほかにも多くの人が中へと向かって歩いているからだ。

カジュアルな恰好をした人もいるし、親子連れもいる。

中で手に入るであろう野菜を採るために気合を入れてスコップやなんやを持っている人もいれば、大きなカメラを首から吊《つ》るしている人もいる。

明らかに危険な場所に行くために準備をしてきた俺のような人のほうが少数派という感じだった。

そんな周囲の人たちの様子を見ながら、しばらく歩いていると、奥のほうから光が見えた。

これまでの洞窟というか土の中を通る穴が終わりを告げる光といった雰囲気がある。

「す、すごいな。ダンジョン内の写真をネットで見たことはあっても、やっぱ実際の光景を自分の目で見ると信じられないな。穴の中を進んでこんなところに出るなんてさ」

「にへへ。私も前に一度来た時に驚いちゃった。不思議だよね〜」

穴を通って出た先は目の前一面が平地だったのだ。

のどかな田園風景といった感じだろうか。

だが、決して歩いていて外に出たわけではないのはわかる。

何せ、このF－47ダンジョンに来るまでに俺は電車の中から外の風景を見ていたのだから。

駅の近くであり、大都会というわけではないが、駅近くには商店が多数あり、そこから少し離れれば住宅街が続いているごく普通の街並みが確かにあったのだ。

決して穴の中を少し歩いただけで地平線が見えそうな田園地帯にたどり着くことはできないだろう。


が、実際に目の前にはそんな風景が広がっている。

明らかにここが今までの常識とは一線を画す場所であるというのが認識できた。

「上は空になっている、ってわけでもないんだな。でも、明かりがあるからさっきまでよりはよっぽど明るいし、これならライトもいらないってことか」

「うん。ただ、注意しないといけないのがお野菜ダンジョンの光は外とは連動していないみたいなの。だから、午後遅めにダンジョンに入るときには、気を付けないと中が明るいのに外は夜中になっちゃうとかってあるみたい」

「ああ、そういうこともあるのか。ま、今回は朝一番に来たからそういう心配はないだろうな。

えっと、とりあえずサクランボ方面に行くんだよな。方角はこれでいいのか？」

「うん。ライセンスを取った時にスマホにアプリを入れているよね？　それを使えばこの入り口がある方角がわかるから、それを基準にして行けば間違うことはないと思うよ」

一般公開されたダンジョンの中でもこのF－47ダンジョンは親切設計だ。

もちろん、それはダンジョンが意思を持って親切なつくりをしてくれているというわけではない。

一般公開を決めた国がライセンスを取得した探索者に助けとなる設備を用意してくれているということだ。

入り口からの穴を抜けて広々とした空間に出たそこにはプレハブ小屋のようなものが立っていた。

そして、その建物の屋根には周囲に向けられたアンテナのようなものがいくつもある。

このアンテナから電波を飛ばしてこの出入り口の場所を把握しやすくしてくれているのだ。

一本道のダンジョンならば道なりに進んで、帰るときはその逆に行けばいいが、こういう地平線が見えそうな場所はあんまり離れたら方向すら見失うのだろう。

方位磁石すらあてにはならないらしいこのダンジョンではアプリが帰途を把握できる距離までに探索を抑えておくのが安全につながるということになる。

もちろん、さらに遠くまで行けばもっといろんな発見があるのかもしれないが、それは命知らずなもの好きがやればいいことだ。

今の俺たちの目的は変わらず甘い果物にある。

こうして、俺はアプリを参考にしつつ、お目当てのサクランボ採取地点に向かってのどかな風景の中を歩き進んでいった。

「俺たちも自転車持ってくればよかったかな?」

「電車で来たからね~。持ってくるなら折り畳みの自転車用意しておいたほうがいいかも」

「折り畳み自転車か。あれって折り畳んでも結構な大きさになるし、ちょっと邪魔になりそうだな」

お野菜ダンジョンを歩いている俺が周りを見ながら自転車の話を琴葉に振った。

テクテクと歩いている俺たちの横を颯爽《さっそう》と通り過ぎていく自転車に乗った人の姿が何人もあったからだ。

地面はアスファルト舗装されているわけではないが、あまり凸凹しているわけでもないので自転車でも走りやすいのかもしれない。

移動時間を短縮するならよさそうだが、荷物が増えるのが悩みどころか。

ダンジョンの中を車が移動することもあるのであれば自転車もあり。

なんとなく、俺の勝手な固定観念《こていかんねん》でダンジョン内でそんな移動方法を使うという認識になっていなかったが、現実にはできるということに気づかされた。

この世に現れた摩訶不思議《まかふしぎ》なダンジョンだが、リアルの装備品が普通に役立つのだ。

例えばだが、ダンジョンのモンスターを倒すのに銃は有効らしい。

なので、世界中でダンジョンが現れ始めた当初は、各国の軍が銃を構えながらモンスターと対峙《たいじ》していたそうだ。

そうして、ダンジョン内でさまざまなモンスターとの戦いが繰り広げられたが、結果としてそれは下火になった。

理由は単純だ。

金がかかりすぎる、というものらしい。

ダンジョン内にいるモンスターは強さも千差万別で、強いモンスター相手だとライフル銃でも何発も叩《たた》き込まないと倒せないのだ。

そして、数多く出現したモンスターに無数の銃弾をお見舞いして、各国の軍事費はダンジョン出現以前と比べてけた違いの額になってしまった。

そのため、いつしかこう考えられるようになったわけだ。

ダンジョンを放置していてもモンスターが外に出てくるわけでもないのに、国防のための軍事費や装備、人材をそこで消耗し続けるのはいかがなものか、と。

わざわざ国を傾けるほどの費用対効果はない、ということになる。

なので、今はどの国でもダンジョン内で大規模な掃討戦《そうとうせん》というのは行われていない。

しかし、その結論に至るまでにかかった金額というのは決して無駄にはならなかった。

なぜなら、ダンジョン内で得られた素材を持ち帰り、研究することで得られる利益が十分にあったからだ。

さまざまなダンジョン素材がそれまでに使い込むことになった軍事費を補填《ほてん》する可能性が浮上し、しかも、軍の動員は控えられた。

その代わりとして世界的に広がったのが探索者の制度だ。

ダンジョン内に国が費用を支払って軍を送り込むのではなく、自分からダンジョン内に潜り込もうという人を増やし、そういった者たちから利益を得るのだ。

探索者は自己資金で装備を調えてダンジョンに潜り、いろんな素材を見つけて利益を得る。

なので、銃や銃弾を日常的に購入しやすい国ではダンジョン内でも普通に銃をぶっ放しているらしい。

だが、さすがに日本ではそうならなかった。

少なくとも日本で銃を持ち歩いていれば違法であり、捕まることは間違いない。

しかし、ダンジョンに潜るには武器がいる。

そこで、銃の代わりに主流となったのがダンジョン素材で作られる武器だ。

琴葉のような【錬金術師】が生み出した金属だとか、モンスターの牙などの素材を用いて作られた武器は強力なものもあるし、何より耐久力があると言われている。

いつかは一つくらいそういう武器を手に入れたいという気持ちが俺にもないではないが、値段の高さが問題となって買えそうにもない。

まあ、しばらくは手持ちのマチェットでなんとか頑張ってみよう。

「お。ちょっといいか、琴葉？　あそこの素材を採取してみないか？」

「ん～。あれはなんだろ？　ニンジンかな？」

「パンフレットによればここらはニンジンが生えていて、もうちょっと進むとジャガイモもあるみたいだ。たくさんはいらないけど、それぞれちょっとずつ採ってみないか？」

「ニンジンとジャガイモか～。うん、いいよ。それなら今日は帰ったら私が料理しようか？　久しぶりにお母さんに教えてもらったマー君の好きなカレーを作ってあげるよ」

「琴葉のカレーか。いいのか？　ダンジョン帰りだと疲れるだろ？」

「いいのいいの。そんなこと気にしないでよね。よし、じゃあ早速ニンジンさんから引っこ抜いちゃお～」

自転車移動からダンジョン探索の歴史についてを頭に浮かべていた俺だが、すぐにそんなことはどうでもよくなった。

帰った後も楽しみだな。

俺が自分で作るのとは全然おいしさが違うのが琴葉の家のカレーだ。

それをダンジョンの素材で作ってくれるというのだ。

どんなものができるのだろうか。

琴葉のことだからあまり失敗することもないだろう。

期待を膨《ふく》らませて、俺たちは初めてのダンジョンでの採取を行うことにした。


お野菜ダンジョンの地面は俺の感覚では変哲《へんてつ》もない普通の地面に見える。

なんとなく、イメージでは海外の羊でもいそうな牧場という感じだろうか。

しっかりとした土の上にほどよい短さの芝生が広がっている、といったものだった。

そんな風景の一角にニンジンが生えているらしい。

俺たち以外にもニンジンを採取しようとしている人が結構いた。

地面から生えた草を引っこ抜いてオレンジ色の立派なニンジンを手にしている姿がそこかしこで見られる。

「……これかな？　えっと、アプリでも調べられるんだったよな」

ニンジンが生えているらしいエリアに足を踏み入れた俺は、ポケットからスマホを取り出してアプリを起動した。

これは、ダンジョンの入り口のある方向を示してくれるアプリと同じものだ。

ライセンス取得時にインストールすることを推奨された国が作ったダンジョン探索用アプリだった。

「お、当たりみたいだな。これはダンジョンニンジンで間違いないらしい。じゃ、引っこ抜くぞ」

「あ、じゃあ私が周りの土を軽く掘って抜きやすくするよ。ちょっと待ってね、マー君」

アプリにはいろんな便利機能が搭載《とうさい》されている。

このお野菜ダンジョンのような安全で国が手厚く対応してくれているところであれば、ダンジョンの出入り口を示す方角が表示されていたりする。

そして、もちろんそれだけがこのアプリの機能ではなかった。

その機能の一つで、今俺が使ったのが「画像検索」だ。

土から生えているニンジンと思《おぼ》しき草の部分をカメラに写すのだ。

そうすると、アプリ内にあるデータと照合して、それがどんな素材かを表示してくれるというありがたい機能である。

つまり、このアプリを用いてダンジョン内で見つけたものをカメラの画像で確認することで、どんなものなのか、どれくらいの値段で買取ができるのかの目安を知ることができるのだ。

もちろん、この機能は万能ではない。

まず、ダンジョン内ではインターネットと接続できないという問題があった。

電波が届かないから、ネット接続できないため、アプリでのデータ照合はアプリ内にすでに登録されたものだけになる。

なので、きちんとアプリの更新を行っていないと、画像に収めた素材がデータとして登録されていなくてわからないというケースもあるわけだ。

また、まだ未発見の素材や国によって秘匿《ひとく》されている情報などはもちろん見ることができない。

あくまでも情報公開されているものに限られているということになる。

が、それでもこのアプリの恩恵は大きいだろう。

ダンジョンに生えているニンジンやジャガイモ程度であれば別に気にはしないかもしれないが、もしも高難易度のダンジョンに潜り、持って帰ることのできる重量的に二つのうちどちらか一つの金属の塊を選ぶことになったら、といったシチュエーションで役に立つかもしれない。

片方はただの鉄の塊と同程度の値打ちしかなく、もう片方が超貴重なダンジョン産の希少鉱石で値段もそれに見合った額になると一瞬でわかるからだ。

運べる荷物の量というのは限られているのだから、より希少なものを選択できるほうが探索者にとってありがたい。

そして、アプリを作った国にとっても、これを探索者に使ってもらえることには大きな意味がある。

情報収集に役立つということがそうだ。

インターネット非接続のダンジョン内での画像検索であったとしても、ダンジョンを出てインターネット接続状態になればその検索結果をサーバーに集めることができるからだ。

どこのダンジョンでどんな素材が見つかり検索をされたのか、が効率的にわかることになり、そしてその情報を蓄積できる。

また、データに存在しないダンジョン素材の発見にもつながるかもしれない。

なので、この探索者専用アプリはお堅い国が作ったアプリにしては、かなり探索者にとって使い勝手のいいものとなっていた。

「鑑定。あ、こっちのほうがいいニンジンみたいだよ。あれとこれ、それとそっちのを持って帰ろうよ」

だが、そんな便利アプリを俺が使っていると、一緒になってニンジンを採っていた琴葉のほうは自分のスキルを使っていた。

【錬金術師】たる琴葉は実は【鑑定】のスキルを持っているのだ。

素材を活用して錬金するために必要なスキルなのだろう。

アプリの画像検索なんてしなくても、【鑑定】することでこれが間違いなくダンジョンニンジンであると判別できるし、なんならニンジンごとのレベルもわかるらしい。

どのニンジンがレベルが高いか区別し、より高レベルのほうを持ち帰ろうと言ってきた。

というか、同じニンジンで個体差があるというのも俺は今の今まで知らなかった。

ニンジンのレベル、なんてものがあるんだな。

もちろん、高レベルのニンジンを持って帰るというその提案を断る理由など俺にはない。

琴葉の指示通りに選別された高レベルニンジンを【運び屋】たる俺が鞄に放り込んで背負う。

こうして、ニンジンを採り、そして場所を移動してジャガイモも採取して、ようやくサクランボ目指してさらなる移動を開始したのだった。


【錬金術師】たる琴葉のスキルは三つある。

【鑑定Lv１】と【調合Lv１】、そして【錬金Lv１】だ。

そのうちの【鑑定】を用いることで素材についてのレベルも把握することができるという点でアプリの画像検索よりも優れているだろうか。

とはいえ、アプリのほうも決して【鑑定】というスキルに完敗しているわけではなかった。

ダンジョン素材を検索し、既存のデータに含まれていたものであればその情報を表示してくれる。

それはほかの【鑑定】持ちによってもたらされた情報であるので、一般的な探索者にとって【鑑定】というスキルがなくともそう困らないという状況を作ってくれることにもなっている。

それとともに、基準となる価格を表示してくれるというのもありがたい機能だろう。

ダンジョン素材は希少で手に入れにくいものであるほどに高値が付くのは間違いない。

が、よく採れる素材であっても現実世界で求められるものであれば相応の値段にはなるのだ。

これは例えばの話であるが、もしも砂漠の国の中にダンジョンが出現し、そのダンジョンに飲用可能な水が豊富にあったとしたらどうだろうか。

ダンジョン産の水といってもそこらの自然の水と大差ない、特別な効能のないものであったとしても価値が生まれることには間違いない。

というか、たとえ普通の鉄であってもダンジョンで採れるのであればそれは鉄鉱山が新たに生まれたということにもなる。

なので、資源の少ない日本という国において、ダンジョン特有の素材でなくとも価値が認められる素材というのはそれなりにあるのだ。

そういう現実世界での価格の評価や変動を【鑑定】というスキルでは判断できない。

が、アプリであれば今どんな素材がおおよそどんな値段で買取されているのかが目安としてわかるというのが良いところだろう。

もちろん、ダンジョン内ではリアルタイムに情報を更新できないので、あくまでもおおよその目安としてであって、実際にダンジョンから素材を持ち帰り売却しようとしたときに思ったよりも安く買い取られる、なんてこともあるみたいだが。

「ダンジョン素材であるニンジンやジャガイモって個体差があるんだな。全然知らなかったよ。レベルの違いは俺だと見ても判別できないみたいだな」

「そうかな？　パッと見ただけでも形とか大きさが一つ一つ違うと思うよ。それに、多分味とかも変わるんじゃないかな？」

「ってことは、レベルの高いサクランボのほうがおいしい、とかってこともあり得るのか」

「多分そうかな～って思うんだけど、そればっかりは食べてみないとわからないよね」

「だな。っと、サクランボエリアに到着だな。じゃあ、レベルと味の違いの検証もかねて、とりあえずガンガン採取していこうか。こっちの袋に【収集】するからいっぱい採っていこう」

「うん。よーし、たくさん採るぞ～」

琴葉の【鑑定】におけるレベルのことも気にはなる。

そういえば、ダンジョンには薬草があるらしいが、上位のものとして上薬草なんてものもあるらしい。

それは薬草としての種類が違うのか、はたまたレベルが高いものを上薬草と呼ぶのかどうか。

ちゃんと知らないので興味深い。

が、それはそれとして、ようやくお目当てのサクランボがある地点にまでたどり着いた。

なかなか距離があったが、朝一でここまで来たからか、まだそれなりの数が残っている。

琴葉が前回来た時にはすでに昼過ぎだったようだが、その時にはほとんどサクランボが残っていなかったらしいからな。

レベルと味のことも含めて、なるべく多く採取しよう。

その採取で役に立つのが【運び屋】である俺のスキルの【収集】だ。

これは採取したものを自動で収集してくれるというスキルだ。

例えばだが、ニンジンやジャガイモ、そしてサクランボを地面から引き抜いたり、摘み取った瞬間に指定した袋に入れてくれる。

いつの間にか手の中にあった素材が袋の中に瞬間移動しているという驚きのスキルだ。

瞬間移動を可能とするスキル、といえばなかなかかっこいいような気もする。

が、実際には多少時間短縮してくれるだけの役割に過ぎない。

のだが、このスキルのいいところは近くにいる同意をした相手の収集物も移動させられるという点にあった。

つまり、俺が採取する以外にも琴葉の採取したものも指定した袋に瞬時に入れられるのだ。

俺と琴葉が少しずつ場所を移動しながら木に生《な》るサクランボを根元からちぎるようにして採取する。

すると、それが次々ときれいなビニール袋の中に収められていく。

しばらくの間、無心になって採取を続け、袋いっぱいまでサクランボを集めることができたのだった。


「やっぱり赤の他人が採取したものを【収集】するのはできないんだな」

「そんなことを試していたの？　駄目だよ、マー君。人のものを盗んだら犯罪だからね」

「ごめんごめん。でも一応確認しておきたくてね。というか、確認しておかないともしそれができる場合、意図しないで盗んだりすることもあるかもしれなかったからさ」

たくさんのサクランボを採取した俺たちは少し離れた地点にビニールシートを敷いて休憩をとることにした。

その際に俺が発した言葉を聞いて、それまでニコニコしていた琴葉が真顔になって注意してきた。

【収集】というスキルを用いて、俺は琴葉が採取したものであっても指定した袋に瞬間移動をさせることができる。

ならば、それが赤の他人でも可能なのかどうかがどうしても気になったからだ。

結論から言うと、それはできなかった。

どういう仕組みなのかはわからないが、あらかじめ俺が同意を得た相手でなければ【収集】は発動しなかったのだ。

ちなみにこのスキルにもレベルがあり、【収集Lv1】の俺の状態だとあまりに離れた相手に対してもスキルの発動をできなくなる。

なので、同意を得た琴葉であっても距離が離れすぎてしまうと【収集】できないということになる。

もしかすると、スキルレベルを上げたら他人からでも可能になるのだろうか？

まあ、普通に考えるとできないだろうとは思う。

しかし、その後も琴葉は真面目に俺の発言について注意を続けてくれた。

これはトラブルを防ぐという意味もあるのだろう。

ダンジョン内で得た素材をスキルを使って横取りしたことが相手にばれたら困るからだ。

このお野菜ダンジョンではハイキング気分の人が多いが、それでも万が一のためのモンスター対策として武器を所有している人はいる。

サンダルを履いてサクランボを採っている男性がいるが、そういう人でもポケットにナイフを忍《しの》ばせていることもあるわけだからな。

昼過ぎにはなくなるであろう人気のサクランボを横取りされたとあっては、ついカッとなってしまってもおかしくはない。

そのときに武器を持った者同士であれば、怪我をする可能性は決して否定できないのだ。

だからこそ、そんなことがないように、疑われるような行動や言動は慎むべきと琴葉は言いたいのだろう。

これは完全に琴葉が正しいので、しばらくは俺はその注意を聞き続け、反省しながら謝り続けた。

「ダンジョンの中で揉《も》め事が起こると大変だからね。そのへんは本当に気を付けないといけないんだよ、マー君」

「そうだな。反省しているよ、琴葉。とくに琴葉のような女の子と一緒だし、気を付けすぎるくらいにしないとな。悪かったよ」

「わかってくれたならよし。じゃあ、そろそろサクランボを食べてみようよ。えっとね、【鑑定】で見た限りでは、これかこれはレベルが高いよ」

「ふーん。ちなみにレベルが低いのはどれだ？」

「えぇっとね、低いのはこれとかだね。レベルで言えば十くらいは違ってくるかな」

「なら、食べ比べてみようかな。先にレベルが高いのを食べて、後で低いやつも食べてみよう。あ、そうだ。お土産として残しておく分は先に分けておこうか」

「おっけー。じゃあ、手早く分けちゃうから、予備のビニール袋も出してくれるかな？」

ダンジョン内での注意を真摯《しんし》に受け止めた俺を琴葉は許してくれた。

そして、その後でお待ちかねのサクランボ試食会を行うこととなった。

採取した中で一番レベルが低いのは一のやつだった。

それに対して高いのは十を少し超えるものがいくつか、といったところか。

平均すると三とか四が多くなるのかな。

このお野菜ダンジョンは危険度が最低とされる安全なダンジョンなので、採取できる素材レベルもこれくらいのものなのかもしれない。

「うっ。なんだこれ、うますぎる！！」

「わあ、ほんとだね。こんなにおいしいサクランボ、私食べたことないよ」

「レベル十のやつはすごいうまいけど、だからって一とか二のやつがおいしくないわけではないな。これも十分においしい。けど、やっぱレベルが高いほうが芳醇《ほうじゅん》な感じがする、ような気がする」

試食用とお土産用に分け終えたダンジョン産サクランボ。

その試食分を口にした俺と琴葉はそのおいしさに驚きを隠せなかった。

傷一つないつやつやの表面。

それを口に入れた段階でまず柔らかな触感を舌が認識する。

いつまでも口の中でコロコロと転がしているのも悪くないと思えるほどだが、それを乗り越えて優しく歯を立てると、一瞬で口の中の状況に変化がもたらされる。

優しい甘い果汁がジュワッと広がり、さらにそれが喉の奥から鼻に抜けて芳醇なにおいとなって感じ取れるのだ。

あまりのおいしさにうっとりとし、しかし、さらに食べたい欲求が湧き起こるからか、すぐに次の一粒を口の中に放り込んでしまう。

レベルによる味と香りは違うといえば違うのかもしれないが、どちらにしてもおいしいのには変わりない。

これは間違いなく高級品として売り出されてもおかしくない品と言えるのではないだろうか。

お野菜ダンジョンおそるべし。

こんなおいしいものが食べられるとは思いもしなかった。

琴葉がここに来るのを勧《すす》めるわけだ。

前回来た時にちょっとしか食べられなかったと言っていたが、また来たいと俺を連れてくるはずだと納得してしまう魅惑のサクランボだ。

先にお土産用に袋分けしていたのは正解だったかもしれない。

俺たちは採取した試食用サクランボを瞬く間に食べつくしてしまうこととなった。

「ふう。あまりのおいしさについお土産用まで食べたくなっちゃうな」

「駄目だよ、マー君。だから最初にきちんと分けたんだからね。これはお母さんに持って帰るんだからね」

ダンジョン産のサクランボ。

最初は全く関心がなかったといっていい俺だったが、これを食べたおかげでダンジョンに潜ることに決めたのは大正解だったと確信できるくらいにおいしいものだった。

もっと早くダンジョンに興味を持って入るべきだったと思ってしまう。

まあ、そんな余裕も今まではなかったのだけど。

「……でも、今更だけどダンジョンにある野菜や果物なんて食べても大丈夫なんだろうか？　よくわからない異空間に勝手に生えている植物だぞ？」

「ああ、ほんとに今更だねー。私も最初はそれが気になったから前に調べたんだ。一応、今のところダンジョンの食べ物を食べても平気みたいだよ。ちゃんとにおいをかいで腐っていないかは確認してから、自己責任で食べるようにって感じみたいなんだけどね」

「自己責任か、怖い言葉だな。けど、世界中でダンジョンができてそこの食べ物を食べている人がいるんなら、そう心配はないってことなんだろうな」

日本は食料自給率が低いと昔から言われているようだが、それでも食べ物はいつでもどこでも手に入りやすい状況にある。

だが、世界中でみると日々の食べ物に困り、ダンジョンで得られるものを躊躇《ちゅうちょ》なく食べる人が多い国もたくさんある。

どうやらそんな国での研究結果が出ているようだ。

ダンジョン産の食べ物を食べることは基本的には可能である、というデータだ。

ただちに影響はない、というふうに言われることもある。

だが、もちろん例外はたくさんある。

食べると腹を下すだけではなく、毒になるものも存在しているらしい。

それに当たり前だが腐ったものや傷んだものは体に悪い。

このサクランボがおいしいからといって、保存状態の悪い時間のたったものであれば病気になるだろう。

が、一応、国が確認した中で推奨するわけではないが食用たり得る素材はアプリで表示するようになっている。

ダンジョン産の飲食物はアプリで画像検索して確認し、飲食に適しているか否かを表示しつつも、食べて何かあっても自己責任でどうぞということなのだろう。

ちなみにだが、ダンジョン素材を持ち帰ることはできるものの、それをダンジョン外で繁殖させることはいまだにできていないらしい。

これも琴葉が調べたことがあると教えてくれた。

なので、外来種のように地球産の植物がダンジョン産植物との生存競争に負けてしまう心配はないとのことだ。

……本当だろうか？

中には案外持ち出したら大変なことになるものもありそうなものだと思うのだが。

ただまあ、そういうものがあるとして、それを完全にシャットアウトすることはできっこないだろう。

いつか必ず誰かが持ち出して環境を変えることになるに違いない。

世界中にダンジョンができた以上、それを防ぐことは不可能だろう。

何より、それを俺個人が心配してもしょうがないだろうしな。

「さて、と。それじゃあ、サクランボをたくさん食べておなかが膨れたことだし食後の運動といこうかな」

「え、何かするの、マー君?」

「ああ。せっかくダンジョンに来たんだ。お野菜ダンジョンといえど、モンスターもいるわけだろ? なら、モンスター討伐でもしていこうかなと思っているんだけど」

「ええー。ここはモンスターっていっても襲ってこないウサギがいるだけなんだよ? こっちから攻撃したら逃げるらしいし、やめようよ」

「あ、もしかして琴葉はライセンス取得の時にモンスターを倒すのを躊躇した側か? あれ、人によっては結構抵抗感あるって話だってな」

「そうだね。一応やったけど、あんまり気が進まなかったかな。それに、その後何日か嫌な気分になったし」

サクランボを食べ終えた俺はダンジョン産の植物の現実世界への影響についての考察を切り上げて、腹ごなしの運動を行おうかと考えた。

このお野菜ダンジョンにいるウサギのモンスターを倒してみようと思ったのだ。

だが、あんまり琴葉は乗り気ではないようだ。

どうも、琴葉は俺より先に探索者としてのライセンスを取った割に、そういうモンスター退治には抵抗感があるらしい。

とくにここのウサギは戦闘意欲のないモンスターだそうで、攻撃したら逃げるから完全に弱い者いじめになるしな。

ただ、それでも俺はやってみたい気持ちがあった。

というのも、俺は【運び屋】だからだ。

ほかのダンジョンで戦闘能力と闘争心を持ち合わせたモンスターと相対した場合、戦闘職でない俺は勝てないかもしれない。

それならば、この安全なダンジョンで非アクティブモンスターを相手に戦ってみたかった。

ここのモンスター相手に手間取るようなら今後ほかのダンジョンに入らないほうがいいという指針にもなるからだ。

そのことを琴葉に伝える。

たんに俺が暴力を振るいたいというのではなく、今後のダンジョン活動のためだということで、納得してくれたようだ。

なので、ここらで戦うこととする。

俺はウサギモンスターと戦うために木の棒とマチェットを握りしめて、あたりを見渡した。


「だ、大丈夫、マー君?」

「ゼー、ハー。ハァハァ……。無理。倒せる気がしない」

「ウサギさん速かったね。あれは追いつけないよ、さすがにねぇ」

安全安心のお野菜ダンジョンに出現する非アクティブモンスター。

ウサギ型のモンスターがそれにあたる。

この地の野菜が植わっている土にはいくつか穴が開いており、その穴の中にはウサギがいると琴葉から教えてもらっていた。

その穴を刺激すると、中からぴょこんと顔を出したウサギが耳をピコピコと動かしながら周囲の状況を観察する。

そうして、そこでウサギを倒そうと目論《もくろ》む俺という存在に気が付くわけだ。

ウサギの行動は速かった。

おそらくは穴の内部はそれほど深くないのだろう。

だからか、穴から這《は》い出るとすぐに逃走を開始したのだ。

後ろ足でピョンと跳ねるようにして走るウサギ。

俺はそれを追いかけてモンスター退治を行おうと必死になった。

だが、できなかった。

ウサギを追いかける俺はいっこうに追いつかないどころか、距離を離されてしまう。

すぐに手にしていた長い木の棒を捨て去り、マチェット片手に腕を全力で振りながら懸命《けんめい》に加速を試みる。

しかし、その状況をその長いうさ耳で把握しているのか、俺が加速した分だけウサギもさらに速度を上げたのだ。

こうして、しばらくの間、ウサギを追いかけ続けた俺は息も絶え絶えになり、今は地面に膝をつくようにして呼吸をなんとか整えようとしている。

そんな哀れな姿の俺に歩いて追いかけてきていた琴葉が追いついて慰めの言葉をかけてくれた。

無理だ。

全力で逃げるウサギを追いかけて刃物を突き立てるというのは、かなり難しい。

正直、なめていた。

ゲームとかだと非アクティブモンスターというのは狩りをする側が簡単に倒してしまえる存在であるように感じるつくりになっているように思うが、少なくともこのお野菜ダンジョンにいるウサギはそうではないらしい。

というか、地上であっても同じかもしれないけれど。

どんな動物であっても俺が走って追いつけるやつってのは、かなり限られるんじゃないだろうか。

「落ち着いた？　背中の鞄から水を取ってあげようか？」

「あ、ああ。なんとかな。ありがとう、琴葉。かー、水がうまい」

ウサギとの壮絶な追いかけっこを終えた俺は琴葉から手渡された水を勢いよく飲んでいく。

そうして、少し休憩を入れて、今の俺の行動についての総括を行った。

「モンスターを倒すことはできなかったけど、得るものはあった」

「ふふ、ほんとかな？　例えば、どういうこと？」

「スキルの有用性について、かな。俺の持つ【重量軽減Lv1】と【体力強化Lv1】はきちんと役に立ってくれていたことはわかったよ」

「あ、言われてみればそうだね。ウサギさんとの追いかけっこは結構長い時間走っていたもんね。全力疾走だったら、私の場合はもっとすぐ体力なくなっちゃいそうだし」

「俺もそうだよ。実際、自分で思っている以上に走ることができたと思う。スピードはそんなに変わらないように思うけど、持久力が伸びているって感じなのかな。それに走っている時も荷物の重みがそこまで気にならなかったし」

背中の荷物はダンジョンに来るための準備の品と、さらにこのお野菜ダンジョンで採取したニンジンやジャガイモ、そしてサクランボがある。

野菜というのは存外に重たいものだ。

そんな荷物を背負ってウサギを追いかけてそれなりの時間走っていた。

きちんとタイムを測定したわけではないけれど、スキルの恩恵《おんけい》は感じられたように思う。

【運び屋】という職業の役割としてこれは必須のスキルなんだろうな。

戦闘職の者たちの荷物を運ぶ【運び屋】が戦闘時に安全な場所に退避したり、逃げたりするときに体力がなければ話にならない。

それに取得したダンジョン素材が重たいからといって移動速度が落ちては困る。

それらを回避するためにこのスキルは非常に役立つことになるだろう。

だが、スキルにはレベルが存在する。

いや、正確に言うと個人の肉体のステータスにもレベルはあるのだ。

俺の肉体はダンジョンライセンスを取得したばかりで当然ながら一番低い一だ。

そして、各スキルのレベルも一。

今後ダンジョンに潜り経験を重ねれば、もっと重たい荷物を持っても長い距離を走る体力を手に入れられることだろう。

が、そんな気長なやり方でいいんだろうか。

ダンジョンにいるモンスターを倒して肉体レベルを上げれば足も速くなるのではないかと思うが、今でも非アクティブモンスターであるウサギが倒せないのだ。

そんな状態でレベルアップなんてできるものなのだろうか。

別に琴葉と一緒に週末にお野菜ダンジョンに遊びに来るだけであれば、レベルアップなんて必要ないのかもしれない。

が、せっかくならばレベルを上げてみたいというのは高望みしすぎなのだろうか。

簡単に効率よく肉体とスキルのレベルを上げることはできないのだろうかとお野菜ダンジョンの田園風景を地面に尻を付けて座りながら、自身のステータスについてぼーっと考えていた。

氏名：如月真央
性別：男性
位階：Lv1
職業：【運び屋】
所持スキル：【収集Lv1】【重量軽減Lv1】【体力強化Lv1】

俺はダンジョンでモンスターを退治し、【運び屋】としての職業とスキルを得た。

探索者ギルドでの【鑑定】でもそうだし、琴葉にも【鑑定】してもらって間違いない情報だ。

【鑑定】でわかることは三つある。

その人の名前や性別は変わらないので、肉体レベルと職業、そしてスキルの三つだ。

ダンジョンでの戦闘を経験してからレベルが発生するとされるため、ライセンスを取得した直後の人は全員レベルが一だ。

しかし、この時肉体的な強さは数値化されているわけではない。

つまり、レベルが同じ人同士であっても力の強さや体力、俊敏性などは違うということになる。

なので、肉体レベルを他者と比較する必要はあまりないのだが、それでもレベルという存在は無視できない。

ダンジョンでモンスターを倒すことでレベルの向上がみられるのだ。

そして、レベルが上がればその人の身体的強さも向上する。

なので、より多くのモンスターを倒すことができる者はどんどん強くなれるし、そうでない者は変化がないというわけだ。

ちなみにだが、レベルが一のままであっても筋トレすれば力は上がるし、ランニングすれば体力はつく。

なので、ダンジョン外の努力は無駄にはならないが、それでもダンジョンに潜る者にとってレベルの存在は決して無視できない。

肉体レベル以外の二つだが、これはライセンス取得直後の者であれば職業の影響が大きい。

俺は【運び屋】となったことで三つのスキルを手に入れたからだ。

琴葉の場合は【錬金術師】となったことで【鑑定Lv1】【調合Lv1】【錬金Lv1】の三つのスキルを得ている。

たいていの職業では自動で一から三個ほどのスキルを得られるらしいが、それはその職業に見合ったものであるということになる。

職業である【運び屋】にはレベルという概念はない。

が、スキルは違う。

スキルにはそれぞれにレベルが設定されており、それは使い込んでいくことでレベルを上げることができるようになるのだそうだ。

【収集】ならばレベルを上げるほどに遠く離れた距離の者からも同意を得られれば採取したり取得したものを集めることができるようになる。

【重量軽減】や【体力強化】は重たいものを持ったり、持久力を高める行為を行うことで向上が見込まれるだろう。

なので、ハズレ職業であると言われることの多い【運び屋】でも今よりも強くなれる可能性は十分にある。

だが、ここで一番の問題はモンスター退治に向いているスキルがないというところだろうか。

戦闘職と呼ばれる職業を得ていれば、低難易度のダンジョンで出てくるモンスターであれば比較的楽に討伐できるらしい。

しかし、今の俺の状態だとお野菜ダンジョンに出てくる非アクティブモンスターであるウサギにすら苦戦する始末だ。

しかも、問題になるのが肉体レベルを上げるには自分でモンスターを倒さねばならないということだった。

ようするに何人かと共同でダンジョンに入り、そいつらが戦闘職で俺が【運び屋】としての仕事を全うしたとしよう。

俺は戦闘職の者たちのサポートを必死になってやったところで、モンスターを倒せるわけではない。

そうなるとほかのメンバーはどんどん強くなっていくが、【運び屋】の俺はスキルレベルは伸びるかもしれないが、肉体レベルには変化がないのだ。

いわゆるゲームのようにパーティーを組めばその全員で経験値が共有されたり、分配されたりしないというのが、このリアルなダンジョンの仕組みであるということになる。

【運び屋】がハズレと言われる理由がここにある。

誰が好き好んで仕事が休みの時にまで危険のあるダンジョンへと行き、ほかの連中の下働きをして、けれど強くもなれない道を選ぶというのだろうか。

しかも、ダンジョンは何日も、何週間も、何か月もの長期間潜ったりはしないということもある。

もしも、ダンジョンの奥深くに潜らなければならないのであれば【運び屋】は必須のメンバーであるとして重宝されるかもしれない。

が、現実にはそんなことはしないのだ。

ダンジョンは日本だけでも数多く確認されている。

そして、国は各ダンジョンを危険度にそって分類し、その情報を公開している。

お野菜ダンジョンの正式名称はF－47ダンジョンだ。

F級という危険度の低いダンジョンの公開順で四十七番目ということになる。

つまりは、だ。

ダンジョンに潜ってレベルを上げ、強くなっていった者は、より強いモンスターが出て稼げるダンジョンに行けばいいのだ。

同じダンジョンの奥深くに行くよりも、上位のダンジョンの入り口から近い、浅い階層を探したほうが儲《もう》かるとしたら、【運び屋】なんてそう大して重要な存在にはならないだろう。

なので、肉体レベルを上げて強くなっていきたいのであれば一緒にダンジョンに潜る戦闘職の者を探してもあまり意味はないということになる。

それならば、自分の力で倒せるモンスターを地道に倒していったほうがよい。

このダンジョンから出て、家に帰ったら、きっちり調べてみようかな。

経験値効率のおいしいダンジョンが近所にないかどうかだけでも確認しよう。

そう結論を出した俺は、しばしの休憩の後、琴葉と一緒にお野菜ダンジョンから脱出するために出入り口へと向かって歩いていった。

4　【調合】カレー

トントントン。

キッチンで琴葉が料理をしている音が聞こえてくる。

お野菜ダンジョンから帰還した俺たちは再び電車を使い、家に帰ってきた。

その途中でスーパーに寄り、食材を購入して今に至る。

琴葉は約束通り、ダンジョンで採取したニンジンやジャガイモを使ったカレーを振る舞ってくれるらしい。

「手伝おうか？」

琴葉が料理を始める際に俺はそう言ったが、自分一人でやるとのこと。

一応俺も自炊はしているので料理はできるのだが、それでも簡単なものをチャチャっと作る程度だ。

なので、料理の腕という面で言えば琴葉には大きく劣ることは前から知っている。

そのため、一度断られた段階でおとなしく引き下がり、情報収集を始めた。

【運び屋】の俺が強くなるためにはどうすべきか。

今すでに持っているスキルだが、それを伸ばすのがまずは重要だろう。

ハズレ職業であるとはいっても無価値ではない。

それに何より、スキルは日常生活でも使用できるからだ。

もしも、スキルがダンジョン内だけでしか使えないというのであれば、【運び屋】は本当にハズレであると同意せざるを得ないだろう。

ダンジョン内を山のような荷物を持って歩くことができるとして、それが一歩ダンジョンから出たら荷物に押しつぶされるとしたらどうだろうか。

あまりに不便。

だが、幸いなことにそんなことはなく、ダンジョン外であってもスキルは発動するために重たい荷物を背負って歩くことはできる。

これは【錬金術師】にも言えることだった。

琴葉の職業である【錬金術師】が当たり職業だと言われるのは、ダンジョンの外であっても有能優秀であり、かつお金を稼げるからである。

帰宅途中で琴葉とも話していたのだが、彼女は今のところ積極的にダンジョンに潜る意思はないようだ。

何せ、非アクティブモンスターであるウサギですら倒すことを嫌がるくらいだ。

攻撃を行ってくるモンスター相手に戦おうという気はないとのことだった。

だが、【錬金術師】という職業を活《い》かす気はあるとのこと。

それは、探索者ギルドへ行って力を使うことで実現できるようだ。

琴葉はまだ学生であり、基本的には学業が一番大事。

なのだが、クラブ活動は行っておらず放課後には時間がある程度あるということで、学校が終わり次第探索者ギルドへ行くつもりであると教えてくれた。

探索者ギルドには探索者のための施設があり、そこには購買を行う店もある。

そして、ギルド内にはレンタルスペースがあるのだとか。

レンタルスペースには【錬金術師】や【鍛冶師】などといった生産系の職業を得た探索者がスキルを使って物作りを行えるようになっている。

例えばだが、【錬金術師】である琴葉ならばレンタルスペースで提供される薬草を用いてポーションを作ると、その作成したポーションの質と量に応じた金額で購買部が買取してくれるシステムがあるのだ。

薬草というのも当然ダンジョン産の素材である。

もしも、探索者ギルドからの支援が何もなければ【錬金術師】は自分でダンジョンに薬草を採取しに行き、それによって手に入れた素材で【調合】や【錬金】を行うことになるだろう。

が、それはどうしても時間がかかる。

すべてのダンジョンで薬草が手に入るわけでもないので、必要な素材があるダンジョンまで足を運ぶだけでも労力なのだ。

その手間を惜しんで、せっかくの優秀な職業の探索者がライセンスを取得したにもかかわらず、普通の一般の仕事につくことになればそれは探索者ギルドとしても損失となる。

なので、レンタルスペースを用意し、そこで生産職に必要な基本的な素材を提供することでスキルレベルを上げやすくしているのだそうだ。

ある程度レベルが上がればさらに良い品が作れるようになり、そうなればほかの仕事をしようと思わなくなるほどに手に入れられる金額も大きくなる。

また、探索者ギルドの購買で売ることができる商品を確保しやすいという面もあるのだろう。

いいなぁ、と思ってしまう。

当たり職業と呼ばれるだけあり、手厚い仕組みがすでにあるのだからうらやましい。

その点でも、【運び屋】はハズレだな。

【重量軽減】があるとはいえ、多少荷物が軽くなるだけだ。

それによって何かを生み出すことはできないのだから。

おかげで探索者ギルドから【運び屋】に出される提案といえば、日当いくらのダンジョン内での荷運びという本当にただのバイトみたいなものだけだった。

探索者ギルドを通して【運び屋】の俺が強くなることは難しそうだな。

琴葉がカレーを作り終えるまでに調べた情報で出した結論は結局わかりきったものだった。

ずっと見ていたスマホを置いて、絨毯《じゅうたん》を敷いた床の上にごろっと横になる。

どうやらそれで眠ってしまったようだ。

しばらくして琴葉から声をかけられて目が覚めた時には、部屋の中には食欲をそそるいいにおいが広がっていた。


「す、すごいな。琴葉のお母さんのカレーの味を超えたんじゃないか？　うますぎるぞ、これは」

「えへへ。そうかな？　たくさんあるからもっと食べてね、マー君」

俺の住んでいるマンションの一室。

築十年ほどのこのマンションに俺は一人暮らしをしている。

父が小学校の時に亡くなり、その後、俺が大きくなるまで母は一人で面倒を見て育ててくれた。

その母だが、今は再婚して、相手の男性とともに海外に行っているのだ。

ここは亡くなった父が残してくれた家であり、すでに購入したものだったということもあり、今は俺が一人で住んでいるということになる。

かつては同じマンションに琴葉とその家族も住んでおり、家族ぐるみの付き合いがあった。

だが、数年前に琴葉の家族が近くの一軒家を購入して引っ越してしまい、俺の親が再婚して国外に行ったことで少し琴葉との距離が開いてしまったというのもある。

そんな琴葉が昔よく琴葉のお母さんが作ってくれたカレーを俺のために用意してくれたのだが、完全に思い出の味を上回っている。

琴葉の母親のカレーも絶品であり、幼いころから俺は大好きだった。

ある意味で母親の味とも言えるくらいによく食べさせてもらったものだ。

その味を受け継いでいるだけでなく上位互換として作り出された琴葉のカレー。

ダンジョン産の野菜を入れたことが関係していたりするのだろうか？

「えっとね。実はちょっとズルしちゃった。お母さんに教えてもらったスパイスはそのまんまなんだけどね。スパイスを混ぜる時に【調合】のスキルを使ったんだよ」

「【調合】？　【錬金術師】のスキルを料理に使ったってことか？」

「うん。そうだよ。私の好きな漫画に錬金術をテーマにしたものがあるんだ。それに書いてあったんだよ。錬金術は台所から生まれた、って」

「へえ。まあ、確かにいろんな素材を掛け合わせるって意味では、複数のスパイスを混ぜるのにも

【調合】が有効になるのか。でも、ダンジョンの野菜も関係しているんじゃないのかな？　こんなに野菜たっぷりでおいしいカレーってのもなかなかないと思うぞ」

「レベルの高いお野菜をたくさん入れたからかな。カレーを【鑑定】したら、スパイスカレーLv6って表示されてたからねー」

「カレーにもレベルってあるのか。初めて知ったよ」

まじかよ。

そんなのあるんだな。

琴葉は【鑑定Lv1】を伸ばすためにいろんなものを手あたり次第に【鑑定】しているそうだ。

ただ、日常品にはあまりやっても意味がないらしい。

これはやはりダンジョンにかかわるものでなければならないのかもしれない。

しかし、今回のカレーは違った。

【錬金】というスキルを使ってスパイスを配合したからか、あるいはダンジョン産のニンジンやジャガイモを使ったからなのかはわからないが、琴葉の手作りカレーには【鑑定】ができたのだそうだ。

が、ニンジンやジャガイモは採取してきた中でもレベルの高いものを使ったので、それならばLv10くらいにはなってもよさそうに感じる。

お肉をお徳用のパック肉にしたのが良くなかったのだろうか？

スーパーでの買い物の時にケチらずに高級肉を買えば、また違った結果となったのかもしれない。

あるいは、お野菜ダンジョンでウサギを狩れていればよかったのか。

まあ、肝心のウサギに追いつきもしなかったので、言ってもしょうがないことか。

しかし、それらを差し引いてもこのカレーは最高においしいと断言できる。

「うふふ。そんなに気に入ったんだ？」

「ああ。食べても食べても止まらないよ。うますぎる。辛いけど風味とコクがすごくあるし、いくつものスパイスが味に奥深さを与えてくれているっていうのか？　ほんとにいくらでも食べられるよ」

「ありがと。そこまでおいしそうに食べてくれたら作った甲斐《かい》があったかな。良かったら、また作ってあげようか？」

「うん。ぜひお願いしたい」

「じゃ、また一緒にお野菜採りに行こうね」

俺が一心不乱《いっしんふらん》にカレーを食べる姿を見て、琴葉はニコニコしながら、自分で作ったカレーをスプーンですくって口に運んでいた。

その後は、お互いにしばらく無言で食べ、お皿にあったカレーがなくなっていく。

俺のほうはといえば、何杯もお代わりをしてしまった。

おなかがパンパンだが、非常に満足感のある食事だった。

強くなる、とかどうでもいいんじゃないか？

これから毎週休みにお野菜ダンジョンに行って食材を確保してきて琴葉に料理を作ってもらえたらそれだけで幸せな気がする。

まあ、琴葉のほうにもいろいろ用事もあるし、それは難しいか。

そんなことを考えながら食後はコーヒーを飲みながらゆったりと過ごしたのだった。


「私が料理をしている時に、いろいろ調べていたみたいだけど何かいい情報はあったのかな？」

カレーを食べ終えて一服している時に琴葉が尋ねてきた。

帰りの電車の中でもさんざん俺が言っていたからだろう。

ライセンスを取得し、ダンジョンに潜ることにしたからには、どうせなら強くなりたい。

おいしいスパイスカレーを食べたことで、若干気持ちが揺らいだりもしたが、その気持ちは確かに今もある。

「情報、か。そうだな。ネットでいろいろ見てみたけど、わかったことが一つだけある」

「一つだけわかったこと？　どんなことがわかったの？」

「ネットではダンジョン関連の情報はデマがかなり多いってこと。多分、ネガキャンされているってのもあるんだろうな。ほんとか嘘《うそ》かわからない、っていうか明らかに嘘っぽいのも多いんだよ」

「へぇー、そうなんだ。まあ、ダンジョンは危険だとか、モンスターを倒すのは良くないって言う人もいるもんね」

そうなのだ。

人類の歴史でこれまでに存在しなかったダンジョンが出現した。

その後にさまざまな経過を経て、今はライセンスを取得した者はダンジョンに潜る探索者となり、そこで未知の素材を手に入れてくるように制度化もされた。

だが、それは全人類の考えが統一されてそうなったわけではもちろんない。

日本国内でも実にさまざまな意見があるのだ。

ダンジョンに潜ることに反対する人もいれば、その素材を持ち出すことに反対の人もいる。

また、琴葉が言ったようにモンスターを討伐することに拒絶反応を示す人もいる。

そういった人がネットでもいろんな言説を流しているのだ。

また、それを払拭《ふっしょく》するために日本政府が最大限の努力をしているのかというと、そうとも限らない、らしい。

というのも、ダンジョンの情報には広まると危険なものもあるからだ。

どこかのダンジョンで素材を得て、生産にかかわる職業の人がその素材にスキルを使って作り出した品が社会に大きな影響を与える。

そんなことはごく当たり前にある可能性だ。

それは良くも悪くも世の中に与える影響が大きすぎる。

なので、国が危険な情報をシャットアウトできるように制限しているのだとか。

つまりは、ダンジョンについて判明したことをすべてつまびらかに公開しているわけではない。

そんなことがあり、国はダンジョンの危険性を隠しているのだという言説を否定するに足る情報を開示できていない。

また、探索者にとっても利益が絡むために間違った情報を流す人もいるのだそうだ。

というのも、ゲームのように攻略情報をネットに上げても利益にならないからだ。

自分たちが発見した貴重な情報はなるべく独占したいと考える人は多い。

どこかのダンジョンで採れた素材が大きな利益を生む、とわかった時、それを隠すのは当然だろう。

また、隠すだけではなく嘘の情報を流す人もいる。

全然違うダンジョンで手に入れたとか、その場所は非常に危険で立ち入るべきではないとか、あれこれとわかりにくい嘘を並べ立てるのだ。

なので、本来であれば集合知として活用できるはずのネットの情報は玉石混交のうち石の割合が高い、信憑性《しんぴょうせい》の低い情報が多い。

一応、国が出している情報は基本的には信じられるものではあるが、国が公表していないからといって何かを否定する材料にはできない。

そのため、あまりネットの情報だけを信じることは良くないだろうというのが、俺が調べた限りの結論だった。

「ようするに、ある程度の情報を集めたら自分で検証しながら確認していく、ってのが一番なんだろうな。幸いにも琴葉の【鑑定】で得た情報ってのは間違いないものだろうし、それが一番だと思う」

「そっかー。【錬金術師】の情報もそうなのかな？　私もいろいろネットで見ていたんだけどなー」

「【錬金術師】も国の公式ホームページを見るのが一番だと思うよ。【運び屋】とかと違って当たり職業だし、何よりスキルで薬を作ったりもするからな。人が服用する薬品ってことでまがい物が流通しないように、しっかりとした情報を公開しているはずだから」

「そっか。公式ホームページにないポーションとかは怪しい薬ってことになるんだね。良かった。それなら私は公式の情報を集めていれば、とりあえずオッケーってことだね」

琴葉の【錬金術師】についてはそうなるだろうな。

ハズレとしてやり玉に挙げられることの多い【運び屋】は割と冗談交じりの否定論が多い。

ネットではいかに【運び屋】が役に立たないかをネタにされたりする風潮があるのだ。

なので、俺は自分で思いついたことを検証していく必要があるだろう。

俺はネット情報を真に受けすぎずに、これからのダンジョン生活を送っていくことに決めたのだった。

5　トレーニング

「おーい、如月。次はこっちのも頼む」

「わかりました」

琴葉と一緒にお野菜ダンジョンへと潜った翌日。

まだ学生の琴葉と違って俺のほうは仕事がある。

つまり、昨日は休みであり、今日は仕事のある日ということだ。

とくにダンジョンへ行ったことで疲れたわけではないが、俺の生活は完全に日常に戻されていた。

「……やっぱりちょっと軽い、かな？」

だが、ライセンスを取得して探索者となったことは決して無意味ではない。

それは俺の仕事が肉体労働に分類されるものだったからだ。

とある倉庫で荷物を運び出したり、しまい込んだりすることが主な業務なのだ。

荷物を持って移動して回る。

つまり、俺はダンジョンで【運び屋】となったことに加えて、リアルでも物を運ぶ仕事をしていた。

現実の仕事がダンジョンで得られる【職業】と関係があるかどうか。

これはダンジョンが出現して以来、ずっと議論にあがってきたことだ。

肉体を使って物を運ぶ仕事をしている俺だから、ダンジョンで自身初のモンスター討伐を行い【職業】を得られることになった際に【運び屋】となる。

最初に自分の【職業】を見た時には、てっきり俺は両者に関係があるのだと思ったものだ。

しかし、さまざまな研究結果によりリアルの仕事とダンジョンでの【職業】に相関関係はなく、偶然のものである、とされているらしい。

もしも、関係があるのであれば狙った【職業】につける仕事をしてからダンジョンに行けばいいのだろうけれど、そうはいかないのだ。

だからこそ、なのだろうか。

探索者のライセンスを取得するために、俺はそれなりの金額を支払っている。

だいたい、自動車の普通免許を取得するために必要な金額と似たようなもの、と言えばわかりやすいだろうか。

教習所なども含めた金額は決して馬鹿にならない額である。

が、国はこの金額を学生であれば割引するとしており、学生かつ未成年であれば一割分の自己負担でライセンス取得が可能なのだ。

琴葉がクラスメイトたちと一緒にライセンスを取りに行ったのは、そういう制度があるためだった。

学生のうちからライセンスを取得し、ダンジョンでモンスターを倒して【職業】を得ておく。

実際の仕事とダンジョンの【職業】がリンクしていないのであれば、さっさとダンジョンに行って【職業】とスキルを得ておいたほうが、それをもとにした将来設計に役立つであろう、というところからこのような制度ができたらしい。

惜しいことをしたな、と思う。

俺だって年齢的にはまだ学生に分類されるし、同級生たちは今頃大学ライフを満喫している。

俺も大学に行く選択肢はあったものの、再婚し海外生活を始める母と違って日本に残ると決めた時に自分で働くことにしたのだ。

その時はあまりダンジョンに興味がなく、制度もよく知らなかったので完全にスルーしていた。

まあ、そんなわけで高卒の俺は倉庫での仕事に従事していた。

いずれはフォークリフトなどの特殊車両の免許を取ったりと、肉体労働だけではなくなってくるかもしれないが、今のところは力仕事がほとんどだ。

なので、結構大変なのだが、ライセンスを取得してからはその状況が少し変わった。

【運び屋】のスキルのおかげだ。

【重量軽減Lv1】と【体力強化Lv1】というスキルのおかげで、それまでよりも多少しんどさがましなのだ。

【重量軽減】は荷物をまるで持っていないかのような軽さにしてくれるスキルではない。

多分このスキルレベルでは一割も軽減されていないのではないだろうか。

しかし、それでもわずかにでも軽くなれば負担は全然違ってくる。

それに体力の底上げもされているため、ライセンス取得以前よりも休憩を少なく何往復もできるようになっていた。

「最近頑張っているな、如月。でも、無理はしすぎるなよ。お前はまだ若いからわからんかもしれんが、この仕事は腰を痛めやすいからな。一度でもやっちまうと、一生響くことになるぞ」

「ありがとうございます。緒方《おがた》さんも腰悪いって言ってましたよね。気を付けます」

「おう。俺は今もコルセットを腰につけてっからな。荷物を持ち上げるときにはしっかりと腰を下ろして、足で持ち上げるんだぞ」

「了解です」

一緒に作業をしていたおじさん社員の緒方さんがありがたい忠告をしてくれる。

確かに、持ち方や持ち上げ方には気を付ける必要があるんだろう。

同じ職場でも少なくない人が腰に手を当てる仕草をするのを見かける。

だが、それでも今の俺はとくにやる気に満ちていた。

というのも、このように日常の仕事でもスキルが発動しているということは、スキルのレベルが成長する可能性もあるからだ。

毎日ダンジョンに潜りっぱなしというわけにはいかない。

さすがにそんなことをすれば、生活に困ることになるだろう。

が、普段の仕事でスキルを鍛えられれば、ダンジョンでの活動がしやすくなる。

俺は少しでもスキルのレベルアップを願って、さらに荷物を持ち運ぶ量を増やしていくことに決め、新たな荷物の元へと向かう。


「お疲れ様でしたー」

「おう、お疲れさん。なんだ、如月。すごい荷物だな。これからどこか行くのか？」

「はい。ちょっと寄り道するところがあるんですよ」

「そうか。まあ、お前の年齢だと遊びたい盛りだろうしな。俺も若いころはヤンチャしたもんだが、あんまり羽目を外しすぎるなよ？　明日も仕事があるんだからな」

「わかってます。それじゃ、お先に失礼します、緒方さん」

倉庫での仕事を終えた俺が事務所を出ようとした際に、出口の外にいた緒方さんと鉢合《はちあ》わせた。

挨拶《あいさつ》をしたところ、俺の大荷物を見た緒方さんが声をかけてくれる。

どうやら、おじさん社員である緒方さんは若いころにいろいろ遊び回っていたようだ。

だが、俺の場合はちょっと違うだろう。

緒方さんの言うようなヤンチャな遊びをするつもりはない。

いや、そうでもないか？

どんなことがヤンチャかってのが俺にはわからないが、仕事終わりにダンジョンに行こうというのは結構あれかもしれないな。

遊びと言えるほど、安全でもないが。

そう、俺は昨日の今日で再びダンジョンに行く気なのだ。

そのために、朝から仕事道具だけではなく、ダンジョン用の装備も併せて持ってきていた。

ただ、昨日琴葉と一緒に行ったお野菜ダンジョンに行こうというわけではない。

あそこは、俺の家からはちょっと距離が離れていたからな。

今日は違うダンジョンに行こうというわけだ。

琴葉のカレーを食べる前に検索していたが、俺の家から職場までの間、あるいはちょっと足を運ぶ程度の距離で探してみると、良さげなダンジョンがあったのだ。

気分的にはトレーニングジムに通う感じだろうか。

仕事終わりにダンジョンに行き短時間探索する。

それによって肉体レベルとスキルレベルを上げられないかと考えた。

職場から一番近い駅に大荷物を背負って移動する。

ここはいつも利用する駅であり、職場での交通費が支給されているために移動しやすい。

ありがたいことにその駅から自宅最寄りの駅までの途中にある乗換駅で、少し別方向に行くとダンジョンがあるのだ。

しかも、お野菜ダンジョンと同じく危険度の低いとされるF級のダンジョンだ。

レベル上げが目的であるとはいえ、自分の力量は昨日のウサギを倒せなかったことでよく理解している。

強いモンスターが出るであろうダンジョンに行き、バッタバッタとモンスターをなぎ倒せればそれに越したことはないのだろうが、現実的には無理だ。

なので、わざわざ国が公表してくれている危険度でお野菜ダンジョンと同等程度のダンジョンへと向かうことにした。

もっとも、このダンジョンはお野菜ダンジョンのような人気はない。

いや、おいしい野菜や果物が手に入るお野菜ダンジョンのほうが特殊なのかもしれないけれど。

「着いたな。ここでまずは荷物を預けないとな」

電車に乗り、乗り継ぎをして到着した駅から少し歩いた場所にあるダンジョン。

そのそばまで来た俺はそのF－108ダンジョンにある探索者ギルドへとやってきた。

ダンジョンに入る前にこの探索者ギルドの建物で荷物を預けるのだ。

俺と同じように仕事帰りの夕方から夜にかけてダンジョンに入る人というのはいるようで、お金さえ払えばロッカーを借りられる。

ちなみに、ここに日常的に通いたいのであれば探索用の装備はロッカーに預けっぱなしにしておけば今後も仕事帰りに寄りやすいだろう。

今日の探索の結果次第ではそれも検討しようと、ギルド建物に用意されている更衣室で着替えを済ませ、ダンジョンに持ち込まない荷物をロッカーに押し込んでいく。

昨日も着ていた丈夫な服に防具としてのプロテクターを手や足に装備し、背負子を背負って複数の鞄をそれに載せる。

今日は琴葉がいないソロでのダンジョン探索ではあるので、本来で言えばそんなに鞄はいらないだろう。

何せ、目的はモンスター討伐なのだから。

だが、今後も琴葉やほかの探索者と一緒にダンジョンに潜ることがあるかもしれない。

そういうときに、【運び屋】としての役目もこなせるようにと思って荷物の装備も持ってきたわけだ。

そして、今日は昨日はなかった武器も用意している。

俺が【運び屋】として持っているスキルを活用しつつ、モンスターを倒しやすいのではないかと思う攻撃用装備。

それが通用するかどうか、ワクワクしながら、ギルド建物内にあるダンジョン入り口からダンジョン内へと入っていった。


お野菜ダンジョンの場合はギルド建物を出た先にダンジョンの入り口があった。

だが、このF－108ダンジョンは違った。

建物内に入り口があるらしい。

更衣室から案内を見ながら移動し、地下階の一室へと入る。

どうやら、ここはこの部屋の中に入り口があり、しかも車などが通れないような幅の狭い洞窟型の通路のようだ。

ダンジョン入り口を入り、しばらく歩いていく。

その途中で俺は頭につけたヘッドライトと腰につけたカンテラ型ライトのスイッチを入れる。

同じ洞窟型の通路であるお野菜ダンジョンでは必要なかったが、ここではライトが必要であると公式ホームページに記載があったから用意してきたのだ。

お野菜ダンジョンの場合は入り口を入り、しばらく歩いたら内部に開けた空間があった。

そこは牧歌的な田園地帯のような風景で、昼夜を問わずに光で照らされていた。

しかし、このF－108ダンジョンは違う。

ここは正真正銘、洞窟型のダンジョンだという。

この世界に出現したダンジョンは【職業】や【スキル】といったものが存在するために、しばしばゲーム的なものであると言われることがある。

が、これは決してゲームではない。

その理由の一つとして、ゲームとしてなら当然あるべきであるバランス調整というものがないからだ。

このダンジョンの場合で言えば、洞窟がずっと続くにもかかわらず、ダンジョン内に光源がない。

地下の一室に入り口があり、内部は洞窟ということで、真っ暗なのだ。

そのため、どうしても光が必要になる。

が、ＬＥＤを用いたヘッドライトやカンテラを使っても、そこまで遠くを見通せるわけではない。

明らかに不親切。

だが、これこそがこの現実に現れたダンジョンなのだ。

もっとも、ここは国からF級であるとランク付けされたくらいのダンジョンだ。

真っ暗闇であるという点を除けば危険度は低い。

中にはもっと人類に対して容赦のないダンジョンもあるらしいからな。

一歩踏み入った瞬間に火山が見えて、溶岩が流れる灼熱《しゃくねつ》の大地というダンジョンもあるらしい。

何も知らずに入れば命にかかわることだろう。

死に戻りなどできない現実ではクソゲーとののしることすらできない。

それと比べれば、洞窟内にもかかわらず酸素濃度が減って呼吸できなくなったりしないらしいこのダンジョンはまだ良心的なのかもしれない。

「分かれ道、か。ここまでは通路で、ここから先はダンジョン内。つまり、モンスターが出るわけだな」

入り口を入り、土と岩でできた洞窟の中を進む。

実際にはそれはまだダンジョンというよりはただの通路。

であるのに、真っ暗な環境ということで俺の歩みは遅かった。

しかし、そんな鈍足移動でもついに通路は終わった。

通路を進んだ先に分かれ道があり、そこから先はダンジョンとなっているようでモンスターが出現することになる。

Ｆ級とされるこのダンジョンだが、お野菜ダンジョンのように非アクティブモンスターが出てくるわけではない。

れっきとしたモンスターでこちらを認識すると襲い掛かってくる。

だが、ここに出てくるモンスターは人間に対しての索敵能力が低く、しかも移動速度も遅い。

つまり、ライトを用いた視界不良の中での探索であっても、きちんと注意して進んでいけばこちらが先に相手に気が付けるし、逃げることも可能。

なので、危険度は低いとされたようだ。

「いた。あれがスライムだな」

そんなＦ－１０８ダンジョンのモンスターは定番と言える相手だった。

スライム。

それがこのダンジョンに出てくるモンスターだ。

国民的人気を誇る青色の雫《しずく》型の魔物、ではなくどろっとした粘性生物といった感じだろうか。

俺が分かれ道を右手に曲がり、そのまま常に右手を壁にして移動する迷路攻略法として有名な右手法で進んでいたら、そのスライムを発見した。

壁と床の境目あたりにへばりついている。

スライムも物語などによっては強い種類も存在すると聞いたことがある。

ねばねばした体で、その分泌する液体は酸でできており、相手に取りつくとジュワジュワと溶かしてしまう凶悪な魔物だとかそんな感じだろうか。

だが、ここでは違うらしい。

少なくとも、酸はない中性の体だと公式ホームページには載っていた。

が、決して油断していい相手ではない。

とくに俺のようにソロでここに来た人間にとってはそうだ。

壁にへばりつき、ゆっくりではあるが移動もできる粘性生物に、もしも顔に取りつかれでもしたらおしまいだ。

息ができずに窒息死してしまう。

それを避けるために、俺はこのダンジョンの情報を集めてからすぐに用意した武器を構えた。

【運び屋】たる俺がここでレベルを上げられるかは、このスライムを安全に倒せるかにかかっている。

ここで危険を冒すつもりは一切ない。

ここは現実なのだから、安全にモンスターを倒すことが何よりも大切だ。

俺はその構えた武器を使い、スライムへと攻撃を放った。

Ｆ－１０８ダンジョンで初めて発見したアクティブモンスター。

スライムと呼ばれるそのモンスターに向けて、俺は攻撃を行う。

俺が用意した武器というのは、遠距離攻撃を可能とする武器だ。

スリングショット。

Ｙの字の形をした持ち手をしており、二股に分かれた突起の先にゴムが付けられている武器だ。

いわゆるパチンコと呼ぶこともあるおもちゃのようなものだろうか。

だが、これも立派な武器になる。

左手でスリングショットをしっかりと握りしめ、腕をまっすぐに伸ばしてスライムのほうへと向ける。

そして、左右の突起《とっき》に付いたゴムの中央に金属製の玉をセットして、右手でその玉を包む部分を後ろへと引っ張る。

左手を目線の高さ、そして、右手を顎から少し後ろのほうにまでゴムを引き絞る。

結構な力がいる。

ゴムを引っ張っているだけでも筋力を使うのだが、ここで力を抜いたりするのはご法度《はっと》で、プルプルと震えてもいけない。

そうなったら照準が定まらないからだ。

しっかりとフォームを固めて引き絞りながら、Yの字の左右の二股のうちの左の突起の上に取り付けられた十字型の照準器でターゲットであるスライムを狙う。

距離的には十メートルあるかないかという感じだろうか。

スリングショットの玉は放物線を描いて移動するために、狙う距離に応じて自分で照準をしっかりと合わせる必要があるので本来であればもう少し近づいて撃ったほうがよいのかもしれないが、それはしない。

スライムの索敵範囲がだいたい五メートル程度であると公式ホームページにあったからだ。

ということは、逆に言えば十メートルも離れていれば相手がこちらに気づくことなく一方的に攻撃を行えることになる。

静かに呼吸し、集中力を高めて、そうして指を離す。

引き伸ばされたゴムの力で金属製の玉は前方へと飛ばされ、狙い通りスライムへと向かっていった。

バンッという音を立てて、液体で構成されるスライムの体の中へと玉が飛び込み、そしてスライムの体内にある核へと当たった。

「やったか？」

おもわず、そうつぶやいてしまった。

あんまり良くないセリフだと聞いたこともあるのだが、ほとんど無意識だ。

だが、どうやらライセンス取得以来の初めてのモンスター討伐に成功したようだ。

遠目からライトに照らされて見えていたスライムの体がドロッと溶けるように崩れていく。

それまでは高い粘性を持ち、ネバネバの状態で壁や床を移動できる体を持っていたのが、ただの水のようになったという感じだろうか。

「……ふぅー」

つい、息が漏れ出た。

遠距離から攻撃できる武器を探していて見つけたスリングショットだが、いい結果を出してくれたようだ。

もともとモンスターに対して海外などでは一般人であっても銃などを使用して戦うこともあると聞いたことがある。

なので、このスリングショットも通用することはわかっていた。

ただ、それでも初めての経験なのでドキドキしていたのだ。

ちなみに、日本でも銃を使おうと思えばできなくはない、らしい。

猟銃免許を取得する、という手続きを踏めばいいからだ。

しかし、実際のところ、銃は管理などにも気を使うし、金もかかるのだそうだ。

スライムを倒すのに銃をぶっ放していると、倒せはするが財布からお金がどんどん出ていってしまうことになる。

なので、俺が今回チョイスしたのはスリングショットというわけだ。

こいつは、使い込んでいくとゴムの劣化が起こることもあるが、その場合はゴムを取り換えるだけでいいので本体はそのまま使える。

さらにいいのが玉についてだ。

実は今回のダンジョン探索にあたってスリングショットの玉は琴葉にお願いして用意してもらった。

【錬金術師】の琴葉がダンジョンで採れるという重たい金属を探索ギルドのレンタルスペースでもらってきていたというので、それを【錬金】して何個かプレゼントしてもらったのだ。

なので、使い回して玉が傷ついた場合にも琴葉に修理をお願いすればいいだろう。

そう、この玉は銃弾と違って使い回しができるのが一番の利点だ。

それも俺がスリングショットを武器として選択した理由の一つだ。

ゴムバンドで金属の玉を飛ばすだけというシンプルさ。

そして、経済的な負担にもなりにくいのが気に入っていた。

「【収集】っと」

しかし、これは俺の職業が【運び屋】でなければやらない選択だっただろう。

こんな真っ暗闇の洞窟の中で、小さな玉を十メートル先に飛ばして拾いに行く。

それはもはや苦行だ。

LEDライトがあっても探すのが大変だろう。

だがしかし、【収集】というスキルがあれば話が違ってくる。

俺がスライムを倒すために飛ばした玉は俺自身がその場を一歩も動くこともなく回収できた。

腰につけた小さな専用ポーチに先ほど飛ばした玉は見事に回収されて収まっている。

まるで、無限に撃てる弓矢みたいだな。

スリングショットが一撃でスライムというモンスターを倒せる武器であるとわかり、俺はさらなる相手を探して洞窟探索を続行していくことにした。

「ウサギを狩るよりはだいぶ楽だな」

最初の一体のスライムを倒してから、しばらく時間が経過していた。

小休憩ということで背中の鞄に取り付けていた水筒から水を飲む。

その後に俺は今回のダンジョン探索についての感想を口にしていた。

お野菜ダンジョンでウサギを追いかけているよりは、この洞窟でスライムを倒しているほうが体力的には楽である。

しっかりと気を付けて索敵していれば、移動速度の遅いスライム相手であればほぼ先攻できるのが一番ありがたい。

途中、天井に張り付いていたスライムがベチョッと近くの床に落ちてきた時にはちょっとドキッとしたのだけれど。

この感じでいけば安全に探索と討伐を行うことはできるだろう。

現実に存在するダンジョンという危険な場所に来るのであれば、安全を第一に考えるのは絶対だ。

だが、はたして本当にこれでいいのだろうかという気もしてしまう。

多分だけれど、今日の探索でスライムを十体以上倒しているが、レベルアップはしていないんじゃないかと思う。

【鑑定】してもらわないとはっきりとはわからないが、肉体が強くなったという感じがしない。

そして、このペースでスライムを倒していったとして、どの程度の期間で強くなれるのかもよくわからないのだ。

レベルアップは人によってや【職業】によって早さがまちまちだそうだ。

ゲームのように現在の取得経験値がどのくらいで、レベルアップまであとどのくらいの経験値を得ればいいのかというのがわからないところがネックだった。

【運び屋】の人気がないのはこのへんの事情も関係しているのかもしれない。

モンスターの選別を行えば【運び屋】という非戦闘職でも戦える相手はいるが、しかし、そいつらを倒して強くなるにはあまりにも時間がかかってしまう。

人は強くなれるという実感や経験がなければ行動が続かないのかもしれない。

なんせ俺は仕事終わりの貴重な自分の時間をこのダンジョン探索に使っているのだ。

職場で緒方さんにかけられた言葉ではないけれど、仕事終わりに遊びに行くという選択肢だってあるのだ。

真っ暗闇の洞窟の中で無為な時間を過ごしているのかもしれないと頭によぎるだけで、割と精神的にきついものがある。

「せめて、お金になるものが手に入ればいいんだけどな」

強さや成長。

それらが目に見えないとしても、ダンジョン探索でお金を得られるのであれば継続はたやすいだろう。

むしろ、お金稼ぎのためにダンジョンに潜り、ついでに強くなっていくというほうが続けるためには自然な流れだと思う。

だが、今の俺はこのダンジョンで稼げるのだろうか。

多分、相当に難しいだろう。

戦利品は一応ある。

スリングショットを用いて攻撃を行い、スライムの核を撃ちぬいて倒してきた。

その際に俺は自分が放ったスリングショットの玉を【収集】で回収する以外にも、ほかのものも【収集】していたのだ。

それはスライムの核だ。

こいつは魔石という位置づけらしく、探索者ギルドで買取をしてくれる。

してくれるのだが、あまりお高いものではないらしい。

まあ、そうだろうな。

戦闘職ではない俺でも倒せるのだし、もし本当にこれが貴重で高値で買い取られるのであれば、このダンジョンはもっと人気が出ているだろう。

だが、これまでの探索ですれ違ったほかの探索者は数える程度でしかなかった。

お野菜ダンジョンの時とはかなり違う。

「ってか、それにしても重いな。スライムの核だけでこんな重くなるはずないんだけど……」

戦利品について考えていると、急に背負っているものの重さを感じた。

小休憩だったので、立ったまま壁にもたれて水を飲んでいたのだが、それまで意識していなかった荷物の重みを感じてしまったのかもしれない。

もともと、持ってきていた荷物にはそれなりに重量がある。

背負子を背負い、その背負子にいくつかの鞄を積み上げるようにして背負っているからだ。

【重量軽減】スキルがあるとはいえ、重さを感じないわけではないため、知らず知らず体力を消費していたのだろう。

ゴムを引き絞って攻撃するスリングショットを使うのも背中の荷物の影響で体に負担がかかっていたのかもしれない。

が、それ以上になんだか重く感じる。

気になった俺は、背負子を床に降ろして鞄を調べてみた。

もともと持ってきていた荷物のほかに増えているのはスライムの核だけ。

そう思っていたのだが、違った。

なぜだかわからないが、俺の鞄の中には大量の石や岩が紛れ込んでいたのだった。

「この石とかってなんだ？　……もしかして、【収集】のせいなのかな？」

小休憩として立ったまま休んでいた俺は背中の荷物の重さに不自然さを感じた。

そのため、一度背負子を降ろして、荷物を確認する。

背負子にはいくつかの鞄を取り付けるようになっていて、そのほとんどの鞄には変化はなかった。

お野菜ダンジョンに行った時のように地面に座って休憩するためのシートなどを入れたりする鞄。タオルなどを入れる袋。

そんな探索のために用意してきたものを入れた鞄には気になる点はない。

が、モンスターであるスライムの核を回収するための戦利品の鞄に異物が入っていた。

スライムの核というのは探索者ギルドで魔石として買い取ってもらえる。

少し濁ったような色をしたこぶし大の透明な石だ。

あまりいい値段にはならないらしいが、せっかくモンスターと戦うのだからということでその都度回収するようにしていた。

が、その戦利品を【収集】して入れるための鞄にはスライムの核以外に石や岩が入っていたというわけだ。

状況的に考えると【収集】が機能した結果なのだろうと思う。

ただ、スライムを倒したから石が手に入ったというわけではないとも思う。

スライムは粘性の液体が核を中心として動く体をしていて、その中に石や岩が浮いているというのはこれまでの探索で見ていない。

なので、スライムを倒したことでその体から石が出てくるというのは考えにくい。

ならば、【収集】を自動《オート》にしていたのが理由なのかもしれない。

【収集】というスキルは回収したものを任意の鞄に入れるというものなのだが、実はいろいろ応用が利くのだ。

例えば、俺は戦利品として得たスライムの核などはそれ用の鞄に収集するようにしているが、武器として使っているスリングショットの玉は別のポーチに収集するようにしている。

一度発射した玉を再び攻撃に用いることができるように、腰につけた小さめのポーチに玉だけを分けて回収するようにしておくことで使い勝手を良くしていたというわけだ。

つまり、【収集】というスキルは回収したものを品物によってどの鞄に入れるかどうかを自分で選べるということを意味する。

なんでもかんでも同じ鞄に詰め込んでいくというわけではないのだ。

で、そうなるとスリングショット以外のスライムの核や石、そして岩はもしかすると戦利品という項目として一まとめなものとして【収集】スキルは解釈したのかもしれない。

俺は戦利品、つまり、ダンジョンで手に入れられる取得物を鞄に入れるようにスキルを使っていた。

しかも、それはスライムを倒すごとに毎回意識していたわけではなく、取得可能なものがあればスキルの判断で自動で鞄に入れるようにしていたのだ。

ようするに、回収できるものはダンジョン内を歩いている間中ずっとスキルの判断で自動的に回収してくれるように設定していた、ということになる。

ぶっちゃけ、そこまで意識してスキルを使っていたわけではないのだけれど。

「……そうなると、この石とか岩はダンジョンで得られる素材ってことになるのかな。まあ、鉱石がダンジョンで得られるって話もあったはずだし、この石とかもそうなのかもしれないな」

俺にとっては重いだけの石。

それがもしかすると戦利品としてギルドに売れる素材なのかもしれない。

そう思って、すぐにスマホを手にして専用アプリで画像検索を行う。

「……ゴミじゃねえか！」

だが、その結果は無情なものだった。

洞窟系ダンジョンにありふれたただの石としてアプリは認識したのだ。

ぶっちゃけ誰にでも手に入れられるものであり、金銭的な価値としてはゼロだという。

参考価格や相場でもそれがはっきりと示されていた。

石よりも大きめの岩っぽいものも同じだ。

「ま、まあスキルにはお金の価値がわからんだろうからな」

【鑑定】でもそうだと琴葉が言っていたではないか。

ダンジョン産の素材を【鑑定】することでその情報が得られるが、それが人間の社会でどのくらいの金額で取引されるかは全くの別問題だという話だ。

普通の水に価値が見いだされることもあれば、そうじゃないこともある。

ダンジョン内では希少で手に入れにくい素材であっても、それを活用することができる人間がいなければ高く買い取ってもらえないことも多いと聞く。

であれば、【収集】というスキルが自動的に鞄の中に放り込んでいくものにこういうゴミみたいなものが混じるのはしょうがないのかもしれない。

これからは取得可能物すべてを自動で【収集】するのではなく、例えばスライムの核を【収集】するようにと個別に設定したほうがよいのかもしれない。

便利なようでちょっと気をつかう必要がスキルにはあるのかもしれないと、俺はこの時思ったのだった。

6 ポーション作り

「へー。これがF－108ダンジョンの洞窟で採れた石なんだね。【鑑定】してみたけど、本当にただの石としか出てこないから、【錬金】にも使えないと思うよ」

仕事終わりのダンジョン探索。

ほんの数時間程度の探索を終えた俺は再び電車に乗って家に帰り着いていた。

今日は仕事が忙しかったわけでもなく、それほど長い時間ではなかったので九時前には家に着いた。

そんな俺の家で琴葉と会う。

どうやら琴葉のほうも今日は学校終わりに別の探索者ギルドへと寄っていたようだ。

レンタルスペースで【錬金】や【調合】をしていたのだそうだが、俺がスリングショットに用いた玉が役に立ったことをメッセージで伝えたところ、再びそれを作ってくれたのだそうだ。

そして、近所ということもあって渡すために持っていこうかと提案してくれたこともあり、ありがたく来てもらったというわけだ。

だが、さすがにもう暗い中を女の子が移動するのは危ないだろうし、帰りはしっかりと送り届けるようにしよう。

そんな琴葉が今日はどんな探索をしてきたのかと聞いてきたので、【収集】によって鞄の中に紛れ込んだ洞窟型ダンジョンの石や岩を見せた。

【錬金術師】たる琴葉が【鑑定】してくれた結果、やはりアプリによる画像検索と結果は同じだった。

石や岩の中に特殊な金属が眠っているわけでもなく、それゆえに【錬金】に使うこともないだろうということで、無価値ではないかというわけだ。

「【錬金】に必要なものだったらそれはわかるのか？」

「う～ん。なんとなくって感じで、はっきりそうだってのはわからないかな。私の場合は【錬金Lv1】だからスキルが使える対象の金属も少ないみたい。スキルレベルが上がれば、今の私が使えないと判断したものでも【錬金】の材料になるってことはあるかもしれないね」

「なるほどな。そういうところも含めて、いろんなものを【錬金】とか【調合】して、スキルレベルを高める必要があるってことか。ま、なんにせよ、これはただの重りにしかならなかったってことだな」

スキルの使用は感覚によるところが大きいのかもしれない。

複数のスパイスを【調合】しておいしいスパイスカレーを作れる可能性があるとしても、それを試してみないことには実際にできるかどうかはわからない。

また、このダンジョン産の無価値な石だって、レベルがものすごく上がればなんらかの利用法があるのかもしれない。

が、アプリの情報でも過去に一度も高値で取引されたことがない以上、あまり期待はできないだろうな。

「まあ、けど俺にとっては多少意味があったかもしれないな。俺のスキルレベルが上がっているんだろ？」

「うん。マー君を【鑑定】したら【重量軽減Lv２】になってたよ」

「わざわざダンジョン内で石を背負って歩いた甲斐があったってことかな？　まあ、仕事で重いものを持つってのもレベルアップに貢献している気がするけど」

「お仕事でも重たいもの持つんだよね？　たいへーん。体はしんどくならないの？」

「大丈夫だよ。重い荷物を持つにもコツがあって、それさえ意識してやっていれば平気かな」

仕事終わりにダンジョンに潜る。

それが影響したのかどうかはわからないが、スキルのレベルが一つ上がっていた。

【運び屋】の真骨頂たる【重量軽減】のスキルが二に上昇していると琴葉に教えてもらったのだ。

ずっと荷物を背負っていたので自分ではわからなかったが、言われてみれば確かに重さがあまり苦にならなかった気がする。

多分、ダンジョンで採れた素材を持って帰るために最初よりも総重量が増えていたから気が付かなかったのかもしれない。

もっとも、ダンジョンに潜ったことよりも仕事の影響のほうが大きいのかもしれないけれど。

昨日初めてダンジョンに潜ることになったが、ライセンス取得後から初のダンジョン探索まで少し期間が空いていた。

当然、その間も仕事をしており、重量物を持ったりしていたので、その間の分の累積《るいせき》が関係しているのだろう。

これは素直にうれしい。

スキルレベルが上がるということがわかっただけでも、今後のダンジョン探索のやる気が増した。

仕事終わりにジム代わりにダンジョンに行くという行為は続けられそうだ。

「……あれ？　何これ？　これはどうしたの、マー君？」

「ん？　なんのことだ、琴葉？　荷物の中に何か気になるものでもあったか？」

「うん。これなんだけど、一つだけ変だよ。これはどうしたのかな？」

俺の体や石や岩。

そんなものを【鑑定】していた琴葉。

彼女はその後も俺の荷物の中身を一つずつ丁寧に出しながら【鑑定】し続けていたようだ。

きっと、それも【鑑定】スキルをレベルアップさせるべく行う経験値稼ぎなのだと思う。

が、その中で琴葉が一つのものに目を付けた。

スライムの核だ。

十数個ある中で一つのスライムの核を手にした琴葉が、これはどうしたのか、と俺に問いただしてきたのだった。

「それがどうしたっていっても、ただのスライムの核っていうか、魔石なんじゃないのか？」

琴葉が気になるといって差し出してきたものは魔石だ。

本日の俺の戦利品の一つ。

見た目にはほかの魔石とそう大差がないと思う。

スライム退治の時にスライムの核をスリングショットの玉で撃ちぬいているので、衝撃で欠けたりもしているので魔石の形はすべて不ぞろい。

なので、俺はどうしたのだと言われても一瞬戸惑ってしまった。

「ほかの魔石よりもこの魔石だけ【鑑定】した時に表示されるレベルが高いの。もしかして、この魔石を採った時だけ、ダンジョンの奥深くに行ってスライムを倒してきたりとかしたのかな？」

「いや。別に一つだけ奥で手に入れたってわけではないけど。って、ああ、そうか。もしかしたらあの実験の結果かもな。その魔石だけがレベルが高いのか？　それ、どの袋に入っていたやつだ？」

「これだよ。他のと違って一つだけ別の袋に分けて入れてあったやつ」

なるほど。

そういうことか。

琴葉と話していて俺はその魔石について心当たりがあった。

真っ暗闇の洞窟型のダンジョンに入り、周囲に気を配りながらスライムを探して移動していたので、もともとそんなに奥深くまで行ってはいない。

琴葉の言うような一体だけのスライム討伐のために奥へと進むなんてことはしていなかった。

だが、琴葉が【鑑定】した魔石の中でその一つだけは突出してレベルが高かったのだという。

確か、お野菜ダンジョンでも素材によるレベル差はあった。

同じ場所に生えているニンジンなどでも個体差があり、レベルの高いものや低いものがあった。

けれど、それでも一個体だけ突出してレベルが高いというわけではなかったので、なぜ俺の手に入れた魔石にはそんな特別な魔石があったのか疑問に思ったのだろう。

「基本的には【収集】した魔石は全部同じ袋に入れていたんだけどね。手に入れた魔石の一つを別の袋に入れて、実験していたんだよ」

「実験？　魔石で？　え、それならこの魔石はレベルが高いのはそのマー君の実験の結果ってこと?」

「その可能性はあるかもね」

「それってすごいよ、マー君。スライムの核が素材の魔石はどれもレベルが低めだからあんまり高く買い取ってくれないけど、この魔石みたいにある程度レベルがあれば価値が付くんじゃないのかな? 素材レベルの高い魔石は【錬金】でも重宝されるし」

「へー。魔石にも個体差があってレベルが違う。で、レベルが違うと【錬金】とかの生産系のスキルで作れるものにも影響があるってこと?」

「もちろんだよ。それにレベルの高い素材を使ってスキルを使ったほうが、スキルのレベルアップが早くなるんじゃないかって話もあるみたい。まあ、これは未確定情報だし、結局たくさんやるのが一番だって今日会ったベテランそうな人も言っていたんだけど」

「なるほど。なら、それは琴葉にあげるよ。レベルアップにつながるならそれを使って何か作ってくれたほうが売るより役立つだろ」

「いいの、マー君?」

「いいよ。高く売れるっていってももともと二束三文で売られる魔石だからな。それに、俺の実験が成功していたんだとすれば、また同じような魔石が手に入るはずだし」

今回の探索で俺が得た魔石のレベルというのはほとんどが一から五くらいだったようだ。

だが、一つだけ十八レベルのものがあったという。
なぜそんなことになったのか。
それは俺の【収集】スキルの実験が原因ではないかと思う。
その実験を思いついたのは小休憩を終えた後の話だ。
【収集】スキルが自動でいろんなものを鞄に回収できること。
そして、その回収する鞄はスキル使用者である俺の任意で替えることができること。
そのことを改めて意識した俺はこう思ったのだ。
べつに鞄に【収集】しないといけないわけじゃないよな、と。
そう思った俺はその場でできる実験をした。
小休憩の際に持っていた水の入ったペットボトル。
その水をすべて勢いよく飲み込んだのだ。
そうして手に残るのは空のペットボトルだけ。
その空のペットボトルを【収集】による回収先へと指定したのだ。
もちろん、ペットボトルに石を集めてもしょうがない。
なので、【収集】するものは空気中の水分とした。
といっても、当たり前だが空中に水が浮いているわけではない。

あくまでも、水蒸気というか気体の中の水分というか、H_2Oというか、そんなものを回収するようなイメージをしたのだ。

その実験の結果はすぐに出た。

空だったペットボトルの中に水が現れたのだ。

もちろん、ペットボトルが満杯になるほどではなくごく少量だったが、それで十分だ。

【収集】は一度自分の中で設定することで、その後は歩きながらでもゆっくりと水が溜《た》まっていく。

このことから、【収集】は回収先が鞄である必要性はないということがわかった。

であれば、魔石はどうだろうかと考えたのだ。

俺はこの魔石というものがどういうものなのか、実はいまだによく知らない。

が、【鑑定】でも魔石と表示されるらしいし、アプリでもそう表示されていた。

ということは、だ。

魔力、あるいは魔素といったものがダンジョン内には存在しているのではないか。

そう思った俺は手に入れた魔石の中で一番形の整ったものを一つだけ別の袋に分けて入れ、その魔石の中にダンジョン内で漂っている魔力を【収集】するように頭の中で設定したのだ。

ぶっちゃけ、成功率は高くないかもしれないと思っていた。

むしろ、失敗するだろうとも思っていた。

だって、俺は魔力を感じたりできていないし、見えもしない。

というよりも、ダンジョン内で魔力が漂っているのかすらわからないのだから。

だが、実験は成功したようだ。

ダンジョン内で【収集】した魔力は確かに魔石の中に取り込めていたようだ。

そうして、それが思わぬ副作用をもたらした。

魔石の成長、とでもいうのだろうか。

素材レベルの高い魔石を手に入れる結果となった。

思い付きで試してみただけの実験で俺は思わぬ結果を得ることとなった。

そして、その高レベルの魔石を琴葉が手にしてスキルを発動する。

「すごーい。見てみて、マー君。八等級ポーションができたよ」

「八等級ポーション？　ポーションって傷を治す薬だよな。確か、等級って十段階だったたっけ？」

「そうだよ。今日、私がギルドのレンタルスペースで【調合】した時にはどれも十等級しかできなかったのに、マー君の持ってきてくれた素材を使ったら八等級ポーションができたの。おかげで私の【調合】スキルのレベルが一つ上がっちゃった」

「お、まじか。【調合Lv2】になったってことか。おめでとう、琴葉」

俺がギルドから許可を得てダンジョンから持ち帰った素材。

どれも大した値段にはなりそうにもないものだから、ギルドで売却せず、琴葉の【鑑定】レベルの経験値になるかと思っていた。

だが、どうやら予想以上の効果があったようだ。

俺が実験を行い、魔石のレベルを上げていたのが影響したのか【調合】レベルが上がったのだという。

まあ、レンタルスペースでも頑張ってスキルを使っていたからこそだろうけれど。

「それはもちろんそうだけど、やっぱりマー君のおかげだよ。だって、この水も予想外だったから」

「ん？　水？　もしかして、ペットボトルに入っていた水のことか？　あれが何か関係しているのか？」

「多分、魔石だけだとポーションの等級は上がらなかったんじゃないかと思うの。でも、あの水も素材に使ったおかげで二つも等級が上がったって感じかな」

「……あれは【収集】スキルでペットボトル内に集めただけだけど、ほかの普通の水とは違ったってこと？」

「うん。【鑑定】したら魔力精製水って表示されていたから、多分マー君のスキルのおかげだと思う。探索ギルドでもポーションを作るときには精製水を使ったほうが質のいいポーションができる傾向にあるって聞いていたけど、多分この魔力精製水のほうがもっと良くなるんだと思うよ」

魔力精製水、か。

まさか、そんなものが出来上がるとは思いもしなかった。

ちなみに、琴葉の発言を聞いてすぐこの場で【収集】スキルを使って空気中の水を集めたところ、ただの精製水と【鑑定】では表示された。

ダンジョン内ではなく俺の家であるマンション内の空気中にある水分を集めたからかもしれない。

琴葉いわく精製水ってのは不純物のない水だそうで、純水とも呼ばれるものだそうだ。

ただの精製水ならばドラッグストアでも買えるし、探索者ギルドのレンタルスペースにも物品として用意されているのだとか。

しかし、この魔力精製水というのは見たことがないし、知らなかったそうだ。

「ふーん。もしかして、【運び屋】の【職業】はハズレだって言われているから、こういう使い方ができるって知られていないのかな？　ネットでは見たことなかったし、俺もただの思い付きでやっただけだから」

「新発見ってことなのかなぁ？　どうするの、マー君？」

「どうするって、そりゃ決まっているだろ。わざわざ公表なんてしないよ。ほぼ初探索の【運び屋】の俺ができた手法なんだから、情報が出回ったら誰でもマネできるようになる。それはさすがにもったいないよ。まあ、いつかは誰かが同じようなことをするだろうし、知れ渡ることになる情報だと思うけど」

「そっか。じゃあ、私もこの魔石とか魔力精製水のことはほかの人には言わないようにするよ。レンタルスペースにも持っていかないほうがいいかもしれないね」

「そうだな。秘密にするならそのほうがいいかもしれない。じゃあ、こうしようか。俺は今回見つけた新手法で魔石と魔力精製水をダンジョン探索したら持って帰る。で、それはこの部屋に置いておくから、琴葉がこの二つを素材に【調合】とかをするならこの部屋だけですること。どうかな？」

「うん、いいよー。やった。それなら、これからもマー君の家に遊びに来られるね」

うれしそうに微笑《ほほえ》む琴葉。

その姿を見て、俺もなんだか楽しくなってきた。

いいよね、こういうの。

お互いが協力して、レベルを高めていける。

こうして、俺は素材を集める係として、琴葉はその素材を使ってポーションなどを作る係として明日からもダンジョンにかかわっていくことを約束したのだった。

7　モンスターハウス

「うーん。やっぱり違うものなんだな」

琴葉とこれからもダンジョン関連の経験を積んでいこうと話し合った翌日。

この日も俺は朝から仕事だ。

職場ではいつも通りに荷物を運んでいる。

が、そんないつもの光景であるはずがそれまでとは違っていた。

それは俺のスキルのレベルが上がったからだ。

【重量軽減Lv1】が【重量軽減Lv2】になっている。

昨日はダンジョンから荷物を持ち帰る際にはそのスキルレベルアップの違いをあまり実感していなかったが、今日は違う。

やはり、普段から慣れ親しんだ作業のほうが違いがわかるのかもしれない。

俺の職場の倉庫で持ち運ぶものというのはだいたいの大きさで重さがわかる。

ある程度規格化されているからだ。

なので、その荷物の大きさを見てどのくらいの重さかを推測しながら俺たちは力を入れて持ち上げるのだ。

だが、そのときに、今までよりも軽く感じるようになっていた。

ほんの少しなので、違いとしては数パーセントといったところではないだろうか。

けれど、一日を通しての仕事であるとその違いが大きくかかわってくる。

「おう、お疲れさん。今日はさらに頑張っていたな、如月」

「あ、お疲れ様です。緒方さんはちょっと腰、痛そうにしていましたね」

「ああ。もともと悪いからな。ただ、今日はいつもより違和感があってな。腰が悪くなりそうな予感っていうのか、そんな感じだ。お前が俺の代わりに何度か重たいものを持つのを助けてくれたから助かったよ。これ、お礼のコーヒーだ。飲んでくれ」

「わあ、いいんすか。ありがとうございます。俺は最近調子いいんで、これからも腰が痛いときには言ってください」

「悪いな。助かるよ。けど、昨日も言ったが無理しすぎるなよ？」

「わかってますよ」

腰に巻いていたコルセットを少し緩めて、ふーっと息を吐きながら椅子に腰を下ろす緒方さん。

まだ本当に悪いところまではいっていない、とか言っているのだがかなり悪そうだ。

そんなおじさん社員の代わりに荷物を運んでいた俺だが、スキルのおかげで仕事終わりでもまだ余力があった。

これならば、連日で仕事終わりにダンジョンに行っても大丈夫だと思う。

そう判断した俺は再びこの日もＦ－１０８ダンジョンへと行くことにした。

昨日も来たこのダンジョンだが、しばらくはここに通おうと考えている。

基本的な装備をロッカーに預けたというのも理由の一つだ。

人気のあるダンジョンであれば、それに付随する探索者ギルドの建物も利用者が多く、いつでも荷物を預けられるとは限らない。

だが、暗闇で洞窟型のこのダンジョンは見通しの悪さが嫌われているのか、人気はない。

なので、いつでも気軽に荷物を預けておけるというのが気に入った。

ついでに言えば、昨日の俺が発見した手法をこれからも使っていくつもりだからだ。

スライムをスリングショットで安全に倒して魔石を得る。

その魔石にダンジョン内にある魔力を【収集】することで、通常よりも高レベルの魔石を手に入れる。

さらに、ダンジョン内の水分も【収集】することで魔力精製水も持ち帰るつもりだ。

俺の家の部屋の中で水分を得てもただの精製水だったことを考えると、間違いなくダンジョン内には魔力があるのだろう。

職場からの帰り道で寄りやすいし、何よりほかの人からだとダンジョン内の空間が暗いために、俺がスキルで【収集】するものが目に見えないので知られる心配もないだろうしな。

ただ、ダンジョン内を歩く方向はちょっと変えてみようかなと思う。

昨日は洞窟の壁を常に右手が触れるように回る右手法で移動していた。

が、今日はその反対の左手を壁にする左手法で行ってみようと思う。

昨日と同じように、暗い洞窟内をスライムがいないかどうか目を光らせながら探索を開始した。

真っ暗闇の中を慎重に歩いていく。

その道中で発見したスライムをスリングショットで狙い攻撃していく。

このスリングショットだが、二日続けて使用しているからかちょっと慣れてきたようだ。

遠く離れたスライム相手であっても、なかなかの命中率を叩き出している。

「意外とうまいんじゃないか、俺」

今も顎の後ろまで引き伸ばしたゴムから右手を離し、玉を放ちスライムへと命中させた。

距離は七メートル。

相手のスライムは粘性の液体でできた体を持ち、その内部にスライムの核がある。

だいたいこぶし程度の大きさの核にビー玉くらいの玉が命中した。

その衝撃によってスライムの核はその液体から弾《はじ》き飛ばされて地面に転がった瞬間に、俺の鞄の中へと【収集】される。

ついでに放った玉も回収し、いつでも再利用可能な状態だ。

スリングショットは銃などと比べれば各段に性能の劣る武器だろう。

むしろ日本ではおもちゃとしての認識が強い。

だが、海外では実際に動物の狩りに使用するところもあると聞くし、競技として腕を競い合うことも結構あるらしい。

競技としてだと十五メートル先に三センチ程度の的を置いて命中率を競ったりすることもあるのだとか。

もちろん、そんな競技をする人たちと比べれば俺の腕前はまだまだだろう。

が、このダンジョン内に限って言えばスライムは五メートル以内に近づかない限りこちらを認識して動いてこない、ただの的だ。

公式大会の半分の距離で的の大きさも大きいからか、初心者の俺でもしっかりと倒せている。

しかし、俺だってわかっている。

この方法はあくまでもこのダンジョンで相手がスライムだからこそ通じるものだ。

これが例えば、どれだけ弱くともウサギなどのように動く相手であればうまくいかないだろう。

命中率なんて一割にも届かないはずだ。

できればさっさとスライムを倒して肉体レベルを上げていきたい。

そうすれば、もう少し違う相手に違う武器で戦うこともできるだろうし。

「まあ、けど、倒すモンスターがスライムだってのは、楽でいいんだろうけどな」

これから一生ダンジョンでスライムを倒す生活をする。

まさかそんなことはないだろう。

が、それでも当分の間はこのスライムを相手にしていくことになるだろう。

というのも、意外とダンジョン内ではモンスター討伐後の処理が大変である、という問題があるからだ。

初めてダンジョンと聞くと、誰だってゲームのようなものを想像するだろう。

俺だってそうだった。

それほどダンジョンについて興味を持っていなかった時には、なんとなくゲームにあるようなシステムでイメージしていたからな。

ダンジョン内を徘徊するモンスターを倒して、経験値を得てレベルアップを図る。

そうして、倒したモンスターからは素材を得て金銭を得る。

だが、これはあくまでも現実に現れたダンジョンだ。

ゲームのように親切設計では決してない。

当たり前の話だが、モンスターを倒したところでお金をドロップする、なんてことはあり得ないのだ。

それにアイテムを落とすということもないようだ。

スライムを倒してポーションが手に入るということもないらしい。

さらに言えば、倒したモンスターから素材を得るというのもゲームとは全然違う。

例えば、ゲームや物語であればダンジョン内に現れたモンスターを倒したら、その死体は光の粒となって消え去り、後にはドロップ品が残されている。

そんな光景をイメージするかもしれない。

けれど、そんな現象は世界中に現れたダンジョンのどこであってもないとのことだ。

モンスターを倒せば死体はその場に残ることになる。

なので、そこから素材を得るには自分たちで手に入れなければならないのだ。

倒したモンスターの牙や歯、骨や毛皮、血液、あるいは鱗《うろこ》とかもあるだろうか。

そんなものを解体したり、剥ぎ取ったりしなければならない。

さらに言えば、鮮度が大切な素材であればその場で適切な処理をしなければならないのだ。

これが実にめんどくさい。

なので、俺は最初にお野菜ダンジョンでウサギを追いかけたが、もしあの時倒せていたとしてもきちんと持ち帰れていたかは微妙なところだったのだ。

まさか、倒したウサギの死体を袋に詰めて電車で帰宅するというのもな。

そばのギルドでは解体や処理をしてくれるところもあるようだけれど、それだって倒してから持ち帰るまでの時間で肉の質が変わるだろう。

というか、肉が傷んでしまわないかのほうが重要かもしれない。

最初から肉を目的としてダンジョンに入るのであれば、クーラーボックスくらいは持っていくべきだろうか。

そんなこんなで、モンスターの素材を手に入れるというのは大変なのだ。

なので、国は基本的にモンスター討伐にそこまで力を入れていないのではないかとの話だった。

国としてはどちらかというと鉱石などの資源のほうがいいのかもしれない。

輸送車が入れるダンジョン内で現実的に利用がしやすく価値のある資源を持ち帰る。

その際に襲ってくるモンスターがいれば戦う必要があるが、モンスター討伐が目的にダンジョンに入るわけではない。

逆に民間では象牙の密漁みたいな感じでモンスターを狙う者もいるらしい。

大型で価値のある素材を持ちながらも、武器や【職業】、あるいは【スキル】の効果で倒しやすいモンスターを倒して、素材を持ち帰る。

その際に、解体なんて面倒なことはしない。

現実に密漁者が象を殺しても牙だけを切り取って死体は放置する写真を見たことがあるが、あんな感じだ。

欲しいところだけ取って、後は放置。

ダンジョン内でもそんなふうにすることがあるらしく、国外で銃を使用する国なんかはそうやって素材を得ているとネットにあった。

それがいいか悪いかは関係なく、俺はどちらの手段も取れないだろう。

国が探索者用に公開しているダンジョンはだいたいが歩いて入るタイプらしいし、強いモンスターを安全に倒す戦闘力や武器を持ち合わせてもいない。

そんなことからも、スライム退治は非常にやりやすかった。

洞窟内が暗いのは不便だが、解体する必要もなく、倒した瞬間にスライムの核を【収集】で回収できるというのが大きい。

むしろ、暗い中でスライムの核を探し回るのは嫌だとこのダンジョンは人気がないが、【運び屋】である俺にとってはほかの探索者が少ないというのもメリットになる。

「え、なんだここ？」

というわけで、さらなるスライムを探して洞窟内を歩くこと十数分。

さらに数体のスライムを倒して先へと進んでいた俺は、それまでにない光景をこのダンジョンで見ることになったのだった。

「……これって、いわゆるモンスターハウスか？」

暗闇の中をライトで照らしながら洞窟内を歩いていた。

それまでと同じように、常に左手側を壁にするように移動する左手法でダンジョンを進んでいた俺が、曲がり角を曲がってすぐに見えたその光景に驚く。

そこは、まっすぐに進む通路の横壁に別の小さな通路のようなものがあるT字路で、その先は小部屋のようになっていた。

その小部屋のような場所を覗《のぞ》いたらスライムが大量にいたのだ。

それまでは基本的に一体、多くても二～三体のスライムが床や壁にへばりついているだけだった。

なのに、ここでは粘性の体のスライムが積み重なっている。

ぶっちゃけちょっと気持ち悪い。

思わず俺はここまで歩いてきた通路を逆走するようにして戻ってしまった。

……大丈夫だ。

さっきの小部屋にいたスライムが俺に気が付いて追いかけてくる、という状況にはなっていない。

しばらく追跡されないかどうかに気を配り、追手がないことを確認した俺はスマホのアプリを起動する。

そのアプリで表示させたのは地図だ。

お野菜ダンジョンはだだっ広い田園風景の広がるダンジョンだった。

そのため、国はダンジョン公開に際して出入り口近くにアンテナを設置し、そこから発せられる電波を使ってダンジョン内にいても出口の方角がわかるように対策してくれていた。

だが、それはこの洞窟型のダンジョンでは行っていない。

理由はお野菜ダンジョンと同じようにやっても洞窟内では電波がすぐに届かなくなってしまうからだ。

なので、このダンジョンでは安全確保の意味で地図の販売を行っている。

こちらは有料だった。

ダンジョン出入り口からどのように洞窟が続いているかが、まるで迷路のような地図としてスマホに表示可能になる。

洞窟の奥深くまでを完全に網羅しているわけではないようだが、国が把握できた範囲はそれなりに広く、それを公開してくれている。

それを使って、先ほどの小部屋が本当に小部屋なのかを確認しようというわけだ。

ちなみに、こんな地図があってなぜ俺が右手法だの左手法だのといったやり方で昨日と今日、探索していたのかにはちゃんと理由がある。

それはもちろん迷わないためだ。

実はこの地図はスマホのアプリで表示されるものの、意外と迷ってしまうケースがよくあるらしい。

最初はそんなことないだろうと思ったのだが、実際にダンジョンに入るとよくわかる。

自分の持つライトしか光源がなく、常に洞窟の壁を見続けるのだ。

景色に変化がなく、目印もない。

しかも、電波が届かないということは当然ながらGPSのように現在位置を表示もできない。

ある程度歩いていけば、自分がどこを通ってきたのか、どの地点にいるのか、どちらを向いているのかなんてすぐにわからなくなる。

そうなれば完全に迷子だ。

ゲームのように上から俯瞰《ふかん》して見られればまだいいのだろうけれど、そうでなければ本当に大変だ。

一度迷ったら下手すると出られないかもしれない。

出られても時間がかかって真夜中になるかもしれない。

だからこそ、迷いにくいとされる方法を用いての探索だった。

さらにそのうえで俺はより安全にダンジョン探索するために、ダンジョン内で通路を曲がるときにはアプリを表示させて位置を確認するようにしていた。

そのおかげで、今俺がいる位置とその周辺の状況を確認できた。

「やっぱ、さっきのところは先が行き止まりで袋小路になっているな。なんであんなところにスライムが大量にいるんだ?」

今更だけど、モンスターについて俺は何も知らない。

スライムというのが何ものなのか。

どうしてこのダンジョンではスライムが出現するのか。

何を食べ、どうやって数を増やしたりしているのか。

あるいは、何も食べず、数も増えたりはしないのかもしれないけれど。

そんな普通に疑問に思うことを何も知らずに、ただモンスターとして退治して魔石を得ている。

もしかするとここがスライムの発生地点なのだろうか、と考えてしまう。

本当に袋小路になった小部屋に大量のスライムが山のように積み重なっていたからな。

あるいは、もしかして王様のスライムのように複数体のスライムが合体して巨大化するとか?

そうなったら、俺はそのスライムには勝てないだろう。

どうしようか?

今のうちに逃げ帰ったほうがいいのかもしれない。

けれど、好奇心のほうが勝ってしまった。

俺は一度退避したはずなのに、再び先ほど見た光景を見るために小部屋のほうへと進んでいった。

先ほど戦略的撤退を行った地点まで再び戻ってきた。

細い路地のようなT字路から首だけを出し、頭につけているLEDライトでその先を照らす。

強力な光が通路の先の袋小路をしっかりと見えるようにしてくれている。

やはり、ここはモンスターハウスの状態になっているようだ。

細い路地の先はある程度の広さの小部屋になっているようで、そこにはスライムが山となっている。

ジーっと目を凝らして観察してみたところ、どうやらこのスライムは複数がまとまって巨大化しようとしているわけではなさそうだ。

それぞれが多少もぞもぞと動いているが、スライムの核は各個体が別個に持っていて、合体するような様子はない。

ひとまずは大型種のモンスターを相手にするという危険を冒す必要はなさそうだと胸をなでおろ

す。

「……倒してしまってもいいんだよな？」

なぜこんなところに大量のスライムがいるのかは俺にはわからない。

だが、多分普通の探索者はこの光景を見たら、小部屋の中には入らないだろうと思う。

このF－108ダンジョンは不人気ダンジョンではあるが、決して中にいるのが俺一人というわけではない。

時折ほかの探索者とすれ違ったりするのだ。

そして、その際に観察したところ、基本的にはみんな近接武器を持って戦っているようだった。

俺も今も持ち歩いているが、長い木の棒を使う人もいれば、木刀を持っている人もいる。

あるいはスライム相手として大きなスコップを持つ人もいた。

たいていの人はそういうリーチの長い棒状の武器を粘性の体に突き込んで、スライムの核を弾き出して倒すのだと思う。

俺のように遠隔武器でスライムを倒そうという人は多分いない。

【運び屋】がこのダンジョンに来る必然性はあまりないし、【収集】を活用しない限り遠隔武器は使い勝手が悪い。

飛び道具は使用した矢玉を再利用できなければ、結構なお金の浪費になってしまうからだ。

大した価値のないスライムの核を手に入れるために毎回攻撃ごとに金を捨てるようなことをすれば間違いなく赤字になってしまう。

というわけで、このダンジョンにいる探索者は近接武器を使う者ばかり。

そんな武器を持つ人が大量のスライムがいるこの小部屋でスライム退治を行うだろうか。

行わないだろう。

一体ずつであれば強いとは感じない相手でも、多数では話が違ってくる。

言ってみればここには大量の液体があるのだ。

もしもスライムを倒すために武器を突き込んだら、一体二体を倒した後にそれ以外のスライムに押しつぶされてしまうだろう。

水ってのは結構重たいものだからな。

この大量のスライムならば脱出も困難で、万が一押しつぶしに耐えられても窒息死してしまうはずだ。

だが、俺の攻撃ならいけるのではないだろうか。

スリングショットを放ち、その都度玉を回収して攻撃し続けられる。

さらに言えば、この狭い通路から袋小路の小部屋は五メートルを超えているようで、俺はスライムから探知されていない。

一方的な攻撃が可能となるはずだ。

やろう。

もしかすると大量にいることでそのうちの一体が俺の存在に気づいて、それを全体で共有し攻撃してくるかもしれない。

が、暗い中を歩き回って一体ずつ倒すよりも、こんなふうに密集していてくれるだけでありがたい。

一気に大量に倒すためには絶好の機会と言える。

モンスターハウスと化した小部屋の中のスライム群に向けてスリングショットで狙いをつける。

下手したら百匹くらいはいそうだな。

ということは、百個以上のスライムの核があることになる。

焦らずに、表層に位置する核から狙っていこう。

攻撃前に深呼吸して精神を落ち着かせる。

ついでに、攻撃後のことについてももう一度考えておいた。

十個ほどあるスリングショットの玉を常に手に取って撃てるように、回収先のポーチのふたが空いていることを確認する。

そして、それ以外に頭の中でほかのものも【収集】するようにイメージした。

それは経験値だ。

ダンジョンにいるモンスターを倒したらレベルが上がる。

世界中に出現したダンジョンに世界中の人が入り込み、そしてどこの地域でもその現象が確認されているという。

だが、俺が調べた限りではその理屈というのはいまだ不明だそうだ。

なぜそんなことが起こり、肉体が強化されるのかわからない。

ダンジョン内のモンスターを倒したら光の粒となって死体が消え去り、後にはドロップアイテムが残される、なんてゲーム的演出もない。

それでもこの現象を説明しようとするなら、モンスターを倒すとその瞬間に経験値的なものが出現するのかもしれないと思った。

俺の単なる妄想だ。

けれど、ダンジョン内にある魔力を魔石に【収集】したり、魔力を含んだ魔力精製水を回収できたりもしたのだ。

目に見えない何かがダンジョン内にはあると考えてもおかしくないだろう。

ならば、それを最大限回収したい。

俺のような【運び屋】というハズレの【職業】が少しでも強くなるには持てるスキルを活用する

ほかないだろう。

そう思って、スライムを倒したときに得られるかもしれない経験値を「俺の体」に【収集】するように意識したのだ。

これも昨日の経験からだ。

【収集】というスキルが鞄のみならず、ペットボトルや魔石にも適用できたのだ。

であれば、自分の体を入れ物として、それを【収集】先に指定できてもいいのではないだろうか。

まあ、できなくても問題ない。

失敗したところでそんなに害はないだろうしな。

こうして、俺は経験値をあますことなく自身の肉体へと【収集】することを頭にイメージしながら、百匹を超えるスライム群へと向かってスリングショットでの攻撃を開始した。

左手に持ったY字型の持ち手。

その二股に分かれたうちの左の突起の先にある照準器にしっかりと狙いをつける。

そこまで遠い距離ではない。

重力によって玉が狙いよりも下に下がるけれど、大きく照準を調整する必要もないだろう。

照準器の中央にしっかりと狙いを定めた状態で右手の指をゴムから離す。

パンッと大きな音がして、飛び立ったスリングショットの玉がスライムへと命中する。

たくさん積み重なっているうちのもっとも表面にいるスライムの核へと命中。

そのスライムの体がドロリと垂れ下がる中、俺の鞄には魔石が【収集】され、そして先ほど放った金属製の玉も腰のポーチへと戻ってきた。

……大丈夫だ。

スライム群は攻撃を受けたというのに反撃はない。

が、さすがに無反応というわけではないようだ。

倒れたスライムに接する位置にいたほかのスライムがもぞもぞと動く。

それによってその幾体かのスライムの核の位置も微妙に変わってしまう。

だが、問題ない。

あまりにも数が多すぎるためか、スライム群の中でも反応したのは一部だけであったからだ。

動いていないスライムの核はほかにもたくさんあり、次はそちらを狙う。

再び放ったスリングショットの玉はまたもや命中した。

それを繰り返す。

手のひらに握り込んだ玉を次々とゴムへと当てて引き絞り、発射していく。

そのたびにスライムの数は確実に減っていった。

ただ、さすがに数が多い。

今までは洞窟内をしばらく歩いて探し出したスライムにスリングショットを使うだけだった。

これほどに連続して発射したことなどないのだ。

というよりも、スリングショット自体、昨日から採用して使い始めただけで今まで使ったことなどなかった。

なので、俺は知らなかった。

続けて何度も撃つことで、これほど筋肉を酷使《こくし》するということを。

スリングショットはまっすぐ伸ばした左腕とそれとは逆方向に大きく引き離すようにゴムを引っ張る右手の動作が必要となる。

やるまでは腕の力が重要そうだと思ったりもした。

が、実際には一番大切なのは背中の筋肉だ。

背筋をしっかりと使わないとそもそもゴムを引っ張れないし、腕だけの力に頼ると照準がぶれやすく命中率が下がってしまう。

そのため、俺はひたすら背中の筋肉を使うことになったわけだが、これはある意味で筋トレみたいなものだろう。

チューブトレーニングとかいうのだろうか。

自宅でもできる簡単筋トレ動画、みたいなもので似たような感じのがなかっただろうか。

何度もスリングショットを撃つことに俺は疲れを感じてきてしまった。

こんな調子でまだまだいるスライムを倒すことができるのだろうか。

ちょっとだけ、頭の中に不安がよぎる。

軽く息も弾む感じになり、体力も消耗している。

が、途中でその状況に変化が表れた。

「……なんか、軽い？　いや、軽くなったのか？」

スリングショットで狙いを定める瞬間、それまでよりもゴムを引く動作が軽く感じられたのだ。

どうしたのだろうか。

何度も同じ動作を繰り返すことでハイになって重さを感じにくくなったのかもしれない。

が、もしかするとこれはレベルが上がったのかもしれない。

感覚的に肉体レベルが上昇したのではないかと思う。

それまでよりも強くゴムを引くことができ、それでいて手がプルプル震えたりしないため照準がぶれることもない。

そんなことを感じながら玉を発射すると、明らかに今までよりも強力な玉がスライムへと到達しその核を撃ちぬいた。

間違いなくレベルが上がったのだと気が付いた。

そして、それまで弾んでいた息も多少落ち着いていることにこの時になって気が付いた。

レベルアップは肉体だけでなくスキルもだろうか。

【体力強化】もスキルレベルが上がったのではないかと思う。

唐突に訪れた肉体の変化に、俺は戸惑いつつも次第に順応し、そのままさらに強力な攻撃を続行することができた。

おかげで途中感じた不安はすぐに過去のものとなり、それからしばらく後には、俺はモンスターハウスの中にいたスライム群をすべて倒すことに成功したのだった。

8　レベルアップ

「モンスターハウス？　駄目だよ、マー君。危ないことしないで」

「いや、大丈夫だよ、琴葉。ちゃんと安全マージン確保して行動しているからさ」

F－108ダンジョンにあった大量のスライムがいるモンスターハウス。

そこでの戦闘を終えた俺は無事に家に帰ってこられた。

そして、三日連続で琴葉と会う。

帰宅中の電車の中で琴葉からのメッセージがスマホに届いていることに気が付いた俺は、今日あったことを簡単に報告していた。

おそらくレベルアップを果たしているはず、という俺のメッセージを見て、じゃあ【鑑定】してあげる、とやってきた琴葉。

その琴葉が俺の話す今日の探索内容を聞いて珍しく怒っている。

「マー君が真面目にダンジョンについて調べて行動しているのはもちろんわかっているけど、それでもやっぱり心配なんだよ？」

「ごめんごめん。でも、本当に大丈夫だよ。あれは間違いなくモンスターハウスって状況だったけど、俺との相性で完全に狩場になっていたからさ」

「ううー、本当に気を付けてよね。私嫌だよ、マー君が怪我するの」

「……何かあったのか？」

「実はね、同じクラスの友達が、ほかの人と一緒にダンジョンに潜って、それで怪我したみたいなの。多分、ダンジョンを甘く見ていたんだと思う。マー君みたいにしっかり準備したりしていなかったみたいだし」

「そうか。知り合いに怪我人が出てたのか。その、琴葉の友達は大丈夫なのか？」

「怪我はいいんだけど、もうダンジョンは潜らないかも……。怖いってずっと言っているから」

どうやら、琴葉が怒るのには理由があったようだ。

クラスメイトの怪我、か。

確かに気にはなっていた。

俺よりも早くダンジョンのライセンスを取りに行っていた琴葉。

俺と一緒にお野菜ダンジョンに行くよりも早くすでに琴葉はダンジョンへと潜った経験があった。

そんな琴葉はクラスメイトと一緒にライセンス取得に行ったとの話だったが、俺がライセンスを取った後にダンジョン探索用の装備を調えている段階になってもあまりきちんとした装備を持っていなかったのだ。

思えば、お野菜ダンジョンでもほかに来ていた人はハイキングに行くかのような軽装の人が多かったように思う。

琴葉のクラスメイトもきっとそうだったのではないだろうか。

ライセンスを取った後、F級という危険度の低いダンジョンに行き、これなら楽勝だとダンジョンをなめたのだと思う。

そして、学校終わりの放課後に大した装備もせずにほかのダンジョンにも行ってみようと誰かが言い出して、それについていき、その中の一人が怪我をした。

おおかたそんな感じではないだろうか。

まあ、気持ちはわからなくもない。

ダンジョン探索の準備を調えるというのは結構大変だからだ。

ダンジョン内に着ていく丈夫な服。

荷物を背負う背負子やそれに取り付ける鞄。

足を怪我しないようなしっかりとした靴。

杖としても使えて、攻撃にも用いることができる丈夫な棒。

万が一のために攻撃もでき、解体もできるようにとマチェットも用意した。

さらには暗闇の中でも動けるように明るさの強いＬＥＤのヘッドライトやカンテラライト。

そのほか、ダンジョン内で使うためにスマホも実は新しく用意したし、スマホの充電が切れても時間がわかるように耐衝撃性能を持つ腕時計なんかもある。

これらのこまごました装備品は一つ一つが高級品ではないものの、総額としてみればなかなかのお金がかかっている。

さらに学生では学割が利いたようだが、俺はライセンス取得にも結構な金額がかかっているからな。

割とダンジョンに潜る準備だけでも散財している。

なので、俺の場合はダンジョンに潜るのが楽しいからという理由以外にも、投資した額分くらいはダンジョンを堪能しようという思いもあった。

ただ、琴葉のクラスメイトやその友達は違ったのだろう。

みんなで一緒にノリでライセンスを取得し、安全確保されたダンジョンに入って調子に乗った。

で、これなら大丈夫だと言って、準備を怠った状態でモンスターを倒しに行った。

きちんと事前に装備をそろえるということをしていないのであれば、きっと最低限の情報収集もやっていなかったのだろう。

俺も気を付けないといけないな。

琴葉の話を聞いて、そう思った。

この話を聞いて、俺はそいつらとは違う、とはとても言えない。

何せ、ダンジョンで得た【職業】がハズレと名高い【運び屋】なのだから。

戦闘職とは真逆の【職業】にもかかわらず、単独でダンジョンに入るのは、どう考えても無謀だろう。

どれだけ事前に準備しているといったところで、いまだダンジョンについては未知の部分が多い。

実際、俺はあのF－108ダンジョンでスライムが大量発生しているモンスターハウスが存在しているなんて知らなかったわけだしな。

俺が怪我せずにすんでいるのは運がいいだけとも言える。

人の振り見て我が振り直せ。

レベルアップを果たしたと調子に乗ることなく、これからもダンジョンと付き合っていこうと改めて気持ちを入れなおした。


「……え、嘘。なんでこんなにレベルが上がっているの、マー君？」

「言っただろ？　モンスターハウスで大量のスライムを倒したからな。戦闘中にレベルアップを感じられるくらい変化があったよ」

「でも、こんなにレベルって上がるものなの？　ちょっと信じられないんだけど……」

これからも最大限に注意を払いつつダンジョンに潜っていく。

俺がそう気持ちを新たにしたところで、琴葉のほうも反省した俺の姿を見て話題を変えるために【鑑定】を行ってくれた。

そして、その結果を見て驚いている。

それを見てちょっと自慢げな雰囲気を出してしまったが、【鑑定】結果の詳細を聞いて俺も琴葉同様に驚いてしまった。

氏名：如月真央
性別：男性
位階：Lv11
職業：【運び屋】
所持スキル：【収集Lv3】【重量軽減Lv4】【体力強化Lv3】

「これは何かの間違いなんじゃないのか？」

「ううん。そんなことないはずだよ。もう一度【鑑定】したけど、結果は同じだもん」

「戦闘中に変化を感じてたのはこれが理由か。何回もレベルが上がっていたんだな」

「気にするところはそこじゃないと思うんだけどなー。っていうか、スライムを倒すのってこんなにレベルアップできるものなんだ？　あれ？　でも、それなら昨日もレベルアップしてるはずだし、ほかの人ももっとそのスライムダンジョンに行くんじゃないのかな？」

だろうな。

急激なレベルアップの要因がすべてスライム討伐の結果である。

そう考えるのは違和感があるだろう。

事実、昨日俺が十数体のスライムを倒してもレベルは上がっていなかった。

ならば、モンスターハウスを攻略したからか？

それも違うと思う。

理由は単純だ。

あのモンスターハウスには百を超えるかと思う数のスライムがいた。

だが、どう考えても二百は超えていない。

このレベルアップが大量のスライムを倒したことが理由だとしたら、レベル十一まで行くには千体以上を撃破していなければおかしいだろう。

ということは、だ。

やはり、俺の急激なレベルアップの理由は【収集】にあるのではないだろうか。

俺はモンスターハウスのスライム群に攻撃を行う前に、それまではしていなかった【収集】の使い方をした。

モンスターを倒した際に得られるかもしれない、目には見えていない経験値を【収集】する。

【収集】する対象は経験値で、その【収集】先は俺の肉体だ。

つまりは、俺の体を鞄代わりにして、その内部に集めた経験値がレベルアップにつながった。

もしかして、うまくいくのではないだろうかと考えた実験がモンスターハウスによる大量撃破をもって最高の結果として表れたのかもしれない。

が、そうだとすると気になることがある。

それは、スキルのレベルも上がっていることだ。

どのスキルもレベルが上がっているが、【重量軽減】は昨日レベルアップを果たして二になったばかりだった。

そして、今日はそれが四になっている。

どういうことだろうか。

昨日と今日では重たい荷物を持つという行為はほとんど変わらないように思う。

仕事を頑張ってはいたし、ダンジョン内でも重たいものを持っていた。

だが、それでもここまでスキルレベルが上がるとは思えない。

ということは、経験値というのはスキルにも反映されるのかもしれない。

いや、違うか。

モンスターを倒したときに得られるかもしれない戦闘経験値でスキルが上がるとは考えにくくはないだろうか。

もしかしたら、そういうこともあり得るのかもしれないが、それよりはスキルを使う際のスキル経験値、あるいは熟練度ともいうべきものも俺は【収集】したのかもしれない。

実際、琴葉のような【錬金術師】はダンジョンに潜らずにスキルレベルをアップさせている。

琴葉も昨日、魔石をポーションに【調合】した際にレベルが上がったではないか。

ということは、スキルを使う際には経験値、あるいは熟練度が手に入るが、それは【収集】を使い肉体に集めることで、よりスキルレベルを上げる効果が得られるのではないだろうか。

急激な変化に驚くと同時に、俺はさらなる可能性に気が付き、思わずニヤッと笑ってしまっていたのだった。

そんな笑顔を浮かべながら琴葉へと提案する。

「琴葉にお願いがある」

「え、うん。いいよ」

「……おい、真面目な話だ。内容を聞いてもないのに簡単に答えるなよ」

「え、だってマー君からのお願いでしょ？　変なこともないだろうし、なんでも聞くよ～」

俺は自分がF－108ダンジョンで行った行為による、急激な肉体レベルとスキルレベルの向上を見て、一つの考えが浮かんだ。

そして、それを実現するためには琴葉の協力が必要だ。

いや、別に琴葉以外でもいいのかもしれないが、なんだかんだで俺も知り合いが少ないしな。

琴葉以外に頼める相手が俺にはいない。

なのだが、あまり迂闊《うかつ》に巻き込むわけにもいかなかった。

「実は俺が急激にレベルアップしたのには理由がある。ある方法を使ったからだ」

「あ、やっぱりそうなんだね」

「ああ。で、話はここからなんだけど、もしかしたら琴葉も同じようにレベルを上げられるかもしれない」

「私も？　マー君みたいに？」

「そうだ。だけど、その方法を琴葉に対して試すなら、約束しておいてもらわないといけない。俺が教える情報は誰にも秘密だってことだな」

「えへへ。二人だけの秘密ってことかな？　でも、それなら大丈夫だよ。私はマー君の言う秘密を絶対に守るよ。昔から私はそういうのはしっかり守るってマー君ならわかっててくれるとうれしいんだけど、信じてくれる？」

「大丈夫か？　絶対ってことは、クラスメイトとか仲のいい友達にも言っちゃ駄目なんだぞ？」

「わかってる。約束するよ、マー君」

そう言って、琴葉は俺に小指を突き出してきた。

指切りげんまんというやつだ。

これになんの効果があるのかはわからないが、俺も琴葉の言葉を聞いてそれを信じることにした。

突き出された小指に俺の小指を交えさせて、再び約束を交わし合う。

「なら、話そうか。俺のレベルが上がったのはモンスターハウスだけが理由じゃない。【収集】というスキルを活用したからだ」

「【運び屋】さんのスキルだよね。お野菜とかサクランボとかを集めてくれた。確か、魔力精製水も【収集】を使って集めたんだよね？」

「そうだ。ってか、今更だけどそれも内緒ね？　活用法としては似たようなものだし。つまりは、だ。俺はダンジョンに漂う水分とか魔力を【収集】で集めたように、経験値みたいなものを【収集】で集めたんだよ。多分だけど、それが効果を発揮して急激なレベルアップを果たしたんだと思う」

「へぇー。【収集】で経験値を集めるなんてやり方があるんだね」

「まあ、できなくてもデメリットもないだろうと思って試しただけなんだけどな。ただ、できた。で、それならほかの可能性もあるじゃないかと思ったんだ」

「どういうこと？」

「俺は経験値を【収集】して自分の肉体に回収したんだ。でも、思い出してくれ。お野菜ダンジョンで俺は琴葉が採取した野菜を一緒に【収集】したりしていただろ。ってことは、琴葉の経験値も【収集】対象になるんじゃないかと思ってね」

「ええ!?　そんなことできるのかなぁ？」

「わからない。だから、これから試させてほしい。ここに【収集】で魔力を集めた魔石がある。これを使ってポーションを【調合】してほしい。その時に、琴葉の経験値、あるいはスキル熟練度みたいなものを琴葉の体に【収集】できないかどうかやってみたい」

本当なら、琴葉もF－108ダンジョンに連れていってスライムを倒したりしたほうが同じ条件になってわかりやすいのかもしれない。

そのほうが肉体レベルも上がるだろう。

だが、この場ですぐに試せる方法として、【調合】をしてもらうことを考えた。

ダンジョン内ではない日常生活空間でも【調合】というスキルのレベルが上がるのは昨日も目の前で見ていた。

なので、スキル熟練度なるものがあるとすればこの場、つまり俺の家の部屋でも存在するはずだ。

それを【収集】し、琴葉の体の中に収める。

それによってスキルレベルがさらに上がるのであれば、【収集】というスキルの力が証明できるのではないだろうか。

【運び屋】の俺自身だけではなく、身近な人も高効率で肉体、およびスキルレベルを上げられる、と。

その可能性を確かめるためにも、俺と琴葉は実験を開始したのだった。

9　実験

「えっと、それじゃあ始めるね。今日マー君が持って帰ってくれた魔石はレベルが十五から二十一までのが十個あるから、半分ずつで試してみる感じでいいのかな？」

【鑑定】でも見えないスキル熟練度なるものが本当にあるのかどうかを確かめる。

そのために、琴葉の【錬金術師】としてのスキルを使うことにした。

スキルを使う素材は俺が持ち帰った魔石だ。

スライムの核を【収集】し、その魔石にダンジョン内の魔力を集めたことで、取得時よりもレベルが上がったものを複数用意している。

ただ、もともと魔石を手に入れた段階でそれぞれにレベル差があり、それを俺がダンジョン内では把握するすべがなかったことで、そのままレベル差がついたままだ。

正直、どのくらい検証としての情報が得られるかがわからない。

ぶっちゃけ、俺も琴葉も特別に頭がいいわけではないしな。

学校の勉強ができないというわけではないけれど、テスト対策しなくても地頭の性能だけで楽々高得点をキープできるなんて芸当は無理だ。

なので、持ち帰った十個の高レベルな魔石を使ってスキルを使い、レベルがどう変化するかを検証するという恐ろしく単純な方法になってしまった。

レベル上昇ごとに次のレベルアップまでに必要な熟練度が加速度的に上がってしまう場合だったらうまく検証できない気もするが、それはもう仕方がない。

あくまでも、俺の【収集】が他人の熟練度にも影響を及ぼすことができるかどうかの確認程度にしかならない前提で始めよう。

「最初は【調合】でポーションを作ってもらうつもりだったけどすでにレベルが上がった状態だとわかりにくいかもな。まだレベル一の【錬金】スキルで試してみるか」

「魔石を材料に【錬金】を使って何か作るってことだよね？　何か作ってほしいものとかあるかな？」

「うーん。ぶっちゃけ【錬金】についてよく知らないしな。検証のためだからなんでもいいといえばいいんだけど、せっかくならあって損のないもののほうがいいか。何がいいかな……」

【錬金Lv１】で作れるもの。

これまでに俺が琴葉に作ってもらったのはスリングショットの玉だけだ。

ダンジョンで採れたという金属を使って【錬金】したことで、それなりに頑丈で重めの玉ができた。

これのおかげでダンジョン内でも気兼ねなくスリングショットを使えるし、スライムやダンジョンの壁とぶつかってできた細かな傷もすぐに直してもらえている。

が、これ以上玉があってもな、という感じだし、何より金属の玉と魔石を組み合わせても大したものができないだろうと琴葉は言う。

「あ、そういえばあれはどうだ？　前にネットで産廃扱いされていた魔力バッテリー」

「魔力バッテリー？　ああ、魔力蓄電池のこと？」

「そうそう。確かダンジョンができて最初のころに有望視されたけど、結局いらない子扱いになったやつ、あっただろ？」

魔力蓄電池、通称魔力バッテリー。

それは【錬金術師】が用いるスキルを経て、魔石からエネルギーを生み出す装置だ。

世の中にダンジョンが登場して未知の物質が手に入った。

それを回収するだけでも世界中に大きな影響を与えはしたが、人類が求めたのは産業革命以来文明に必要不可欠なエネルギーのほうだった。

ダンジョン由来のものからエネルギーを得られれば人々の生活はさらに豊かになる。

そう考えるのはどこの国も共通だったようで、それからしばらく後に発見されたのが魔力バッテリーだ。

魔力を原料に電気を発生する夢の装置。

それができたのだ。

が、その後、この魔力バッテリーは使えないものとしてどこの国からも見放されたそうだ。

電気のもととなる魔力を補充するのに魔石が必要で、その魔石を安定的に大量に確保し続けるのが大変だったからだそうだ。

なんせ、スライム程度の魔石では内蔵魔力量が少なすぎて役に立たないらしい。

かといって強力なモンスターを倒して高レベルな魔石を確保するのはコストがかかりすぎる。

国が求めるものは全国に停電を起こすことなく安価に供給し続けられる能力のエネルギーだった。

ちなみに、エネルギー問題が別方向で解決されたことも魔力バッテリー衰退の理由の一つだったりする。

それは事故が懸念される原子力発電所をダンジョン内に造ったり、あるいはすでに地上にある原発から出される使用済み核燃料をダンジョンに捨てるというものだった。

現時点ではどんな処理を施しても放射性物質が環境に与える悪影響が大きすぎると問題になっていたが、この方法により一挙に解決したというわけだ。

人類のいないダンジョンは実はごみ処理場としての活用が一番のエコというわけである。

「えっと、あ、できるかもしれないよ。魔力蓄電池は魔石のほかに充電池があれば【錬金】でてきるみたい。でも、それだけだと魔力を補充する機器が作れないから、充電用の部品素材もいると思うけど……」

「別にいいだろ、どうせ実験だし。ってか、もしも実用可能な充電池型の魔力バッテリーができたら、俺の【収集】でそこに魔力を入れられないかを確認するよ。もしできたら、ダンジョン内でLEDライトの稼働時間を延ばせるかもしれない」

「あ、そっか。F－108ダンジョンは真っ暗なんだったね。じゃあ、マー君の役にも立つね。それじゃあ、作るよ」

こうして、琴葉は【錬金】スキルを用いて魔力バッテリーを作り始めた。

一つ作るごとに琴葉自身に【鑑定】を用いてスキルの変化を確認しながら、六個目の魔石を使い始める時からは俺の【収集】での熟練度回収も行い、その影響の有無を調べていったのだった。

「【錬金Lv5】か。【収集】の恩恵はありそうだね」

「うん。多分あるんじゃないかな？」

それまでレベル一だった琴葉の【錬金】というスキルは十個の魔力蓄電池を作り出したところで五にまで到達していた。

すでに俺の持つどのスキルよりもレベルが高い。

なんかちょっと悔しい気がしないでもない。

十個の魔石を五個ずつに分け、【錬金】を使う。

その結果、五個目の段階ではまだレベル二だったのが、【収集】でスキル使用時に発生するかもしれない熟練度を回収し、琴葉の体へと収めることで最終的に五にまでなった。

普通はレベルというのはだんだんと上がりにくくなるだろうし、おそらく【収集】の効果は発揮されたものと思う。

まあ、これまで琴葉が探索者ギルドの建物にあるレンタルスペースでいろんな素材にスキルを使用していたのが今になって花開いたという可能性もないわけではないのだけれど。

「レンタルスペースには高レベルな素材って置いていないんだっけ?」

「そうだね。一つ一つ【鑑定】をしてから【調合】とか【錬金】をしているんだけど、だいたいの素材はレベル一桁前半だね」

「ってことは、普段レベル一のくそ雑魚モンスターを倒しているやつが二十前半のほどほどに強いモンスターを一気に倒してたくさんレベルが上がった、って可能性もあるわけだな。まあ、もうちょっと検証が必要ってことだ」

現時点でははっきりと断言できるものは何もない。

が、結論を急ぐことでもないか。

何か締め切りがあるわけでもないし。

「でも、良かったのかな？　手ごろな電池がないからって、あるものをどんどん実験の材料に使っちゃったけど」

「いいよ。問題なし。っていうか、それも明日にでもダンジョンに持っていって使えるか試してみるよ」

【収集】によるスキル使用時の熟練度獲得実験。

その結果ははっきりしたものではなかったが、得たものはあった。

それは魔力バッテリーだ。

俺の家にあった充電式乾電池に魔石を使って魔力をもとに電気を発生させる電池が出来上がった。

この電池がどういう仕組みなのかはさっぱりわからん。

【錬金】したことでよくわからない未知の物質になってしまっているのだろう。

だが、これは【鑑定】が魔力蓄電池であるというので電池として使えるのは間違いない。

なのだが、俺の家には十本もの充電式乾電池がなかった。

なので、途中からは別のものを魔力バッテリーとして生まれ変わらせていたのだ。

スマホ用のモバイルバッテリーや、以前使っていて今はサブ機となったスマホのバッテリーそのものも魔力蓄電池に【錬金】してある。

それでも数が足りないということで、家に転がっていたドローンのバッテリーにも【錬金】をしてしまった。

とりあえず、家の中で確認した限りではこれらはすべて機器の動作が可能であった。

が、従来の充電器では充電ができていないみたいだ。

電気ではなく魔力で充電するのだから当然と言えば当然だろうか。

コンセントにつなげての充電はできず、専用の魔力充電器を作る必要があるのだろう。

まあ、先ほども琴葉に言ったがダンジョン内で魔力を魔力バッテリーに【収集】できないか試してみるつもりだ。

「ま、とりあえず今できる実験は終わりかな。で、ようやく本題なんだけど、琴葉にお願いがあるんだ」

「あれ？　またその話？　さっきも言ったけど、【収集】のことなら誰にもしゃべらないよ」

「ああ、ごめん。違うんだ。それはあくまでも前提条件ってだけだ。情報を漏らされたらこれから言うお願いの意味がなくなるってだけで、本題はそれじゃない」

「あ、そうなんだ。じゃあ、マー君のお願いってどんなことなの？」

「琴葉には俺とクランを組んでほしい」

「……クラン？　ってなんだっけ。一緒にダンジョンに行くパーティーってこと？」

「違うよ。クランはどっちかっていうと会社みたいなものかな。実は今更なんだけど、クランを作っておかないとまずいことになるんだ。主に金銭的な意味で」

俺が琴葉に求めるもの。

それはクランへの加入だ。

それもすでにあるどこかのクランではなく、俺と琴葉が一緒に作るクランに二人とも入ることをお願いした。

というのも、俺はダンジョン内で得た素材を自宅へと持ち帰って、それを琴葉が使っている。

実はこれは厳密にはアウトだ。

ダンジョンで得られた素材を反社会的勢力が悪用しないように国は対策をしている。

そのため、ギルドで売却せずに持ち帰った素材であっても、それを他者に渡した場合にはきっちりと収支報告をしなければならないのだ。

ようするに、俺が魔石などの素材を琴葉に渡して、琴葉がそれを使って何かを作り、俺がそれを使う場合には、物の受け渡しが発生した時点でその都度お金を払わなければならない。

今みたいになあなあでやるとまずいのだ。

が、それは社会秩序を守るために必要な行為であるかもしれないけれど、探索者にとって大きな事務負担につながりかねない。

仲間同士で素材の共有ができなければ、困ることも出てくるからだ。

そこで、国は探索者がクランを作ることを認め、そのクランに加入した者同士であれば素材を共有することを認めている。

なので、今後も俺たちが同じようにやり取りしていくためにはどうしてもこの手続きが必要となる。

「なるほどー。じゃあ、クランを作っちゃおうー。名前はなんにしようかなー？」

ちなみにクランは一度加入するとそれなりに制限がつく。

クランの構成員が罪を犯したら、共犯扱いされるケースもあるだろうし、クラン全体の資産の差し押さえみたいなこともある。

なので、本来ならば加入するクランはしっかりと見極めねばならないし、加入させるほうも加入希望者が犯罪に手を染めないか、染めていないかを確認する必要がある。

が、琴葉はそんなことを一切気にせず、俺とクランを組むことを認めてくれた。

もちろん、俺は犯罪行為をするつもりはないし、琴葉もしないだろう。

ただ、もう一度そのへんの法律はしっかりと確認しておこうかな。

琴葉がクラン名を決めるのを眺めながら、知らずに罪を犯していたなんてことがないようにしようと心に決めたのだった。


「もー。マー君がダメってばっかり言うよ～」

「駄目に決まってるだろ。さすがに簡単に身元や住所が特定されるような要素をクラン名に入れたら駄目だよ、琴葉」

「じゃあ、マー君はどういうクラン名ならいいの？」

「そうだなあ。さっき琴葉が出した案から参考にしたやつだけど、『M&K』とかならまだいいんじゃないかな。お互いの名前のイニシャルを合わせただけだけど」

「ううー。可愛《かわい》くないよ～」

「まあ、とりあえず仮称ってことで。クラン名は後から手続きすれば変えられるはずだし」

「わかった。じゃあ、そうする」

琴葉との話し合いの末、俺たちのクラン名が決まった。

思った以上に長い時間がかかってしまった。

というのも、クラン名を考えていた琴葉が出した案に俺がことごとく反対意見を言ってしまったからだ。

だが、それは琴葉も悪いと思う。

なぜかクランの名前に俺たちの名を入れたがったからだ。

それを却下すると、今度は住んでいる土地や一緒に通ったことのある学校名にちなんだものにしようとしたりしたのだ。

個人情報がわかるようなクラン名なんてプライバシー面でもセキュリティー面でも悪いと言わざるを得ない。

妥協案として二人のイニシャルを入れることでとりあえずけりが付いた。

そんなわけで、ようやく俺たちのクランを設立できる。

すでにパソコンで表示させた公式ホームページの中のクラン設立申込書を印刷したものがあったので、それにクラン名や構成員の俺たちの名前を書き込んでいく。

明日にでも探索者ギルドに寄った際に提出すればいいだろう。

「でも、私は今もよくわかってないんだけど、結局クランって何をするところなの？　マー君が持って帰ってきた素材を私が使っても問題ないってことだけがメリットなの？」

「とりあえずはそれが一番大きいかな。でも、このクランの本質は琴葉を守ることにある」

「私を？　どういうことなの？」

「琴葉は昨日ポーションを作っただろ？　俺が持ち帰った魔石とレンタルスペースから持って帰っ

てきた薬草を使って、思った以上に質の高い薬を作り上げた。その時に思ったんだけど、もしかすると琴葉は注目を集める可能性がある。それを防ぐためのクランでもあるんだ」

琴葉は八等級ポーションを作った。

ライセンスを取得して間もない【錬金術師】であるにもかかわらずだ。

昨日の時点で俺もあまり意識していなかったが、実はこれは結構すごいことらしい。

基本的に【錬金術師】は当たり【職業】と言われるだけあって、日本全体で見ても総数が少ない。

そして、そんな少ない【錬金術師】はたいていの場合、どこかに所属している。

国、あるいは大企業、有名な研究所などなど。

高給で雇われる【錬金術師】が作り出す効果の高いポーションは市場に出回ることが少なく、それゆえに今でも需要が供給を大きく上回り非常に高値で取引されているのだ。

そんなところにまだ学生である琴葉が探索者になってすぐに【調合】のレベルを上げていると知られたらどうなるだろうか。

出来上がったポーションを見ただけでは、なぜ品質の高いものを作れたのかまでは推測できない。

俺が【収集】を使って魔石のレベルを上げているなんてことは知らずに、琴葉が【錬金術師】としての才能を豊富に持っていると考えられても不思議ではないだろう。

もしかすると、良からぬ連中に狙われるかもしれない。

企業にスカウトされるだけならいいかもしれないが、悪い連中が寄ってきて自分たちのためにポーションを作り続けろと言ってくるかもしれない。

そうでなくとも、会う人に毎回声をかけられるようなことがあれば琴葉にとってもストレスになるだろう。

ゆえに、クランを隠れ蓑《みの》にする。

琴葉個人が自分の名前を使って高品質なポーションをギルドに売りに行かず、クランの名前でやったほうが特定されにくいのではないかと思ったのだ。

まあ、それもどこまで効果があるかはわからないのだけれど。

「ううん。そんなことないよ。私のためを思ってのクラン設立だったんだね。ありがとう、マー君」

「いや、お礼を言われることじゃないよ。俺自身のためでもあるしな」

クランを作ることは琴葉のためでもある。

それは間違いない。

が、俺自身のためでもあった。

というのも、俺と琴葉のどちらが稼ぐ力を持っているのかといえば、百倍以上琴葉のほうが上なのだ。

【運び屋】である俺はせいぜいダンジョンに潜って素材を運び出すことしかできない。

だが、【錬金術師】である琴葉ならば、それらの素材を使って新しいものを作り出すことで大きな付加価値を生み出せる。

ゆえに、お金を手に入れやすいのは【錬金術師】である琴葉だ。

今後、琴葉がさらにレベルを上げて高品質なポーションを生み出し、お金を稼いだとき、同じクランならば俺にもその収益を回してもらえるだろう。

クランは会社とも例えられるからな。

クランでの収益から構成員にそれぞれ給与みたいな形でお金を渡せば、俺がただ単に琴葉に魔石を売りつけるだけよりも格段に儲けが出るのだ。

ようするに、俺も琴葉に目を付けて利用しようとしている一人と言えるかもしれない。

許してほしい。

なんだかんだで、ライセンスを取ってダンジョンに潜り始めるまでにかかった金額が大きくて、俺もお金が欲しいのだ。

そんなわけで、琴葉のためと言いつつ、自分のためにも俺は二人が所属する【M&K】というクランを作り上げたのだった。

◇

「おはようございまーす」

「おう、おはようさん」

琴葉とのクラン立ち上げを決めた翌日。

この日も俺は仕事だ。

朝から職場に出て、事務所に入る。

なので、探索者ギルドに行ってクラン設立の申請書を提出するのは夕方になってからになるだろう。

俺と琴葉が署名した書類は鞄の中のファイルに挟まっている。

事務所に入ったら、着替えを済ませる。

女性職員が周囲にいないことを確認してからTシャツ姿になり、作業着を着こんでいった。

女性はいないが男性は数人いる。

その中にいつも世話を焼いてくれる緒方さんもいた。

「ん？　どうかしたのか、如月？」

「いえ。……ちょっと緒方さんに仕事のことで相談があるんですけど」

「あん？　どうしたんだ？　何かトラブルでもあったのか？」

「違いますよ。そうじゃなくて、なんというか……。俺、もっと仕事頑張って覚えたいんです。だから、緒方さんにはこれからもいろいろ教えてほしくて。できれば、緒方さんの持つ経験、俺に分けてくれませんか？」

「……ははぁ。如月、お前さては女ができたな。いやー、若いっていいな。いいぞ。わからんことがあればなんでも聞いてこい。俺がいくらでも教えてやるぞ」

「うす。ありがとうございます」

俺が緒方さんにそう答えると、近くにいたほかの先輩たちも同じように俺に声をかけてくれた。

この職場の中では俺が一番若いからだろうか。

年上の気のいい人が多く、俺も面倒見てやるぜ、みたいなノリで仕事を教えてやろうと言ってくれる。

まあ、半分以上は緒方さんが言った、俺に女性の影がある、ってところに食いついたようだが。

人によっては結構えぐい下ネタをぶっこんできたりしたので、あまりそこに深入りされたくもないし、軽めにスルーしつつも仕事を教えてくれることに関してはお礼を言う。

当然だが、この一連の話は裏がある。

というのは、俺のスキルの熟練度を上げられないかということにあった。

【錬金術師】がダンジョンに潜らずに地上でポーションを作っているだけでもスキルレベルは上がる。

ということは、【運び屋】も日常生活で重たいものを持ち運ぶことで【重量軽減】や【体力強化】が鍛えられることを意味する。

そんな熟練度を俺だけではなく、周囲の人からも【収集】できないだろうかと考えたのだ。

先ほどの一連の流れは【収集】する際の同意をもらうための話だったというわけだ。

俺以外の人はダンジョンの探索者になっていないと聞いているから、ほかに【運び屋】がいるわけではない。

それに他人から熟練度を【収集】し、自分の肉体に集めることができるかどうかはわからない。

が、これもやってみて損はないことだと考えたのだ。

もし、うまくいけばダンジョンに潜る夕方以降だけではなく、日中も効率的にスキルを鍛えられるかもしれない。

そんな期待が俺の中にあった。

それともう一つは普通に仕事にやる気を見せる意味もある。

もしもほかの人からの熟練度の【収集】ができなくとも、自分で荷物を運ぶという行為は間違いなく熟練度が発生し、スキルレベルの向上につながるはずだ。

なので、同じ時間を過ごすのならばよりスキルのレベルを上げたい俺は、なるべく重い荷物を何回も運びたかったのだ。

だが、何も言わずにそれをすれば止められるかもしれない。

なので、最初からやる気満々の姿勢を見せておこうと考えたわけだ。

実際、これはうまくいった。

俺が積極的に先輩社員の分の仕事を奪うようにして荷物を運ぶと、普通に感謝されながらもアドバイスをもらえた。

今までよりもさらに効率的に荷物を運べるようになっているのではないかと思う。

あと、昼休憩の時にみんなからジュースや食べ物の差し入れをもらえたので、がっつりと食べることもできた。

ちなみに、昨日の時点で上がったスキルは今日の仕事でかなり活躍してくれた。

【重量軽減Lv4】と【体力強化Lv3】のおかげで腰を痛めている緒方さんの二倍以上は働いたのではないかと思う。

だが、それでもまだまだ余力があった。

あまりに張り切って俺が仕事をしまくったためか、定時よりも早く、荷物運びの仕事がなくなってしまうくらいに動き回ることができたのだった。

「お待たせー。待たせちゃったかな。ごめんね、マー君」

積極的に仕事をこなした俺は、運び出す荷物や逆に倉庫に入れる品が早めになくなり手持無沙汰《てもちぶさた》となった。

だから早く仕事を終えられた、というわけではない。

それならばと、事務所で行う事務仕事を命じられ、パソコンや書類のたっぷり綴《と》じられたファイル相手に慣れない作業をこなした。

そうして、慣れない仕事をこなして定時を過ぎてから会社を出た俺は再びF－108ダンジョンへとやってきた。

だが、今日は一人ではない。

学校終わりの琴葉もこのF－108ダンジョンがある探索者ギルドへとやってきたからだ。

俺が仕事終わりにダンジョンへ入る前にギルドでクラン設立の書類を提出すると言った際に、琴葉もそれに同行したいと言い出したからだ。

別に受付で書類を提出するだけなので、クランの構成員がそろっている必要などはないのだが、せっかくなので来てもらった。

また、琴葉にとってみれば別のギルド建物のほうが学校からの帰り道の近くにあるのだが、わざわざこっちまで来てもらったのには理由がある。

それは書類提出後に一緒にF－108ダンジョンに潜ろうと考えていたからだ。

「はい。確かに受理いたしました。クラン証明書は後日郵送にてお送りいたします。ライセンスカードの更新についてはいかがいたしますか？」

「ライセンスカード更新ってどのくらいの時間がかかりますか？」

「お二人分であれば三十分もかからずに終わるかと思います」

「わかりました。それなら、この後ダンジョンに入る予定なので今預けておいて、出てきてからカードを受け取りに来たいと思います」

「かしこまりました。その際はこちらの受理票をお見せください」

受付での手続きをひとまず終えた俺たちは更衣室へと行く。

ここで仕事や学校での荷物をロッカーに預けてダンジョン探索用の装備へと着替えることとなる。

俺の装備は服などの洗う必要があったりするもの以外はロッカーに預けっぱなしなのでいつものロッカーへと向かう。

が、その前に琴葉の装備を渡した。

学校へ行く琴葉が重い荷物を持ち歩かなくてもいいように、俺が代わりに持ってきていたからだ。

「ありがとう、マー君。重たかったでしょ？」

「大丈夫だよ。【重量軽減】スキルがあるからな」

「そっか。そういえば、昨日もスキルレベルが上がってたもんね」

「ああ。で、ダンジョンに入る前に念のために【鑑定】してもらえないか？　昨日の夜と変わりないかな？」

「【鑑定】。……うん、おんなじだね」

「そっか。失敗なのかな。いや、まだそう決めつけるのは早いか」

仕事終わりでダンジョンへと入る前に琴葉に【鑑定】をしてもらう。

すると、結果は変化なしだった。

仕事中にほかの同僚から熟練度を【収集】できないかと考えていたが、どうやらその恩恵はなかったようだ。

少なくとも一日で変化が出るということはなかった。

許可を得れば他人が採取した素材であっても俺の鞄に【収集】することができる。

であれば、他人の熟練度も自分の肉体へと集めることができるのではないか。

そう考えていたが、今日一日では目立った変化はなかった。

これは人の熟練度は集められないのか、それともダンジョンでモンスターを倒したことのない非探索者の同僚相手に実験をしたからなのか。

それとも、単に集めた熟練度がスキルレベルを上げるに足る量ではなかったのか。

そのどれが真相なのかはわからない。

だから、このダンジョン探索でも実験を継続する。

それは琴葉に対して行おうというものだった。

ただし、ここでは熟練度ではない。

経験値のほうだ。

「いいか、琴葉。これから俺たちは二人でダンジョンに入る。中は真っ暗だから移動には気を付けろよ」

「オッケーだよ、マー君」

「で、だ。中にいるスライムを倒すのは慣れている俺がやる。琴葉はついてきてくれるだけでいい。これから俺がやってみたいと考えている実験はレベリングだ」

「うんうん。メッセージでもそう書いてたね」

「ああ。俺がスライムを倒して、それで得られる経験値を【収集】して琴葉の体に入れる。それでレベルが上がるかどうかを確認したい」

いわゆるパワーレベリングに該当する行為だろうか。

俺がモンスターを倒して琴葉のレベルが上げられるかどうかを確かめたい。

これは職場での実験と違って比較的判断がつきやすい実験だと思う。

というのも、リアルに存在するダンジョンでは経験値の分配が行われないからだ。

レベルを上げるためにはレベルを上げたい当人がモンスターを倒さなければレベルが上がらない、というのが現在主流の説だ。

これは強力なモンスターを複数人で協力して倒しても、とどめを刺した人が経験値の総取りになるということでもあった。

だが、経験値を【収集】で集めて、任意の鞄、つまり他者の肉体へと送り込めるのであればその説は覆せる可能性がある。

なので、それを確かめるためにも琴葉にはこのダンジョンで出てくるスライムは攻撃しないでいてもらう。

俺だけがダンジョン内でモンスターを倒し、それで琴葉のレベルが上がるかどうか。

俺たちはそれを確かめるために、暗闇の中へと踏み込んでいった。


「……すごい暗いね。よくこんなところに毎日来ようと思うね」

「まあ、慣れれば案外気にならないかな。つっても、それは俺が男だからで女性はやっぱり怖いだろうけど」

ここ数日、俺が通い詰めているF－108ダンジョン。

洞窟型でダンジョンによる光源がないために、本当に真っ暗な空間だ。

ギルド建物の地下室から細い通路を通って歩いているだけで、琴葉はそのダンジョンの様子に怖がる雰囲気をにじませていた。

女の子を連れてくる場所ではなかったかもしれないな。

もともと、琴葉にとってはお野菜ダンジョンのような明るく牧歌的《ぼっかてき》な雰囲気の中でハイキング気分で行けるところのほうがいいに決まっている。

しかも、そこで見かけたモンスターを倒すことにためらう姿勢すら見せていた。

今回は俺が他人のレベル上げをできるかどうかの検証に付き合ってもらうために来てくれているが、何も理由がなければ絶対に来ないところだろう。

というか、女の子からしてみればダンジョンに出てくるモンスターよりも、途中で洞窟内の通路にてすれ違う探索者のほうが恐怖かもしれない。

暗がりで武器を手にした人間が近くを通れば、男の俺でも緊張するしな。

「そんな琴葉のために今日はこちらの品を用意してきました」

「ふふっ。何それ、テレビショッピングみたいだね。マー君はどんな品物を用意してくれたのかな？」

「これだよ。俺だけだと必要ないかもしれないけど、せっかく琴葉が昨日作ってくれたからな。有効利用しようと思って持ってきたんだ」

そう言って鞄から取り出したのは、小さな機械だ。

鞄から出し手のひらの上に乗せ、そこでスイッチを入れて起動する。

すると、その機械はダンジョン内を小さな音を立てながら浮かび上がった。

「それって、ドローン？」

「正解。昨日、琴葉の【錬金】で魔力バッテリーを作ってくれたからな。今日はレベリングもそうだけど、その魔力バッテリーのことも検証しようと思って持ってきたんだ」

「へえ。これ、結構いいね。自分の頭よりも高い位置から前を光で照らしてくれるんだ。頭のライトだけよりも遠くが見えていい感じじゃないかな？」

「だな。ダンジョン内でのドローン使用はありっぽいな」

俺がダンジョン内で使った機械というのはいわゆる小型無人航空機とも呼ばれるドローンだ。

小さなプロペラが付いていてしっかりと空中を飛ぶことができ、しかも旋回性能も高い。

ついでに速度も出そうと思えば時速百キロ以上出せるタイプのものだった。

ただ、あんまりスピードを出すとプロペラの回転数が上がって音が大きくなりすぎるということもあり、今は静音モードで飛べる代わりにスピードを出さない設定にしている。

洞窟型のこのダンジョンの中でも音がそれほど気にならないみたいだし、十分使えるんじゃないだろうか。

こいつは本来であればだいたい三十分ほどでその電池はなくなってしまう。

だが、通常の電池ではなく魔力を取り込んで電力を供給することができる魔力バッテリーならば稼働時間が延びるかもしれない。

ちなみに、ドローン以外にもバッテリーを魔力バッテリーへと変換したスマホを持ってきており、それに【収集】を使って魔力を集めると「充電中」という表示記号が画面に出ているので、ドローンのほうも充電できているはずだ。

あとはどの程度稼働時間が伸びるかどうかが知りたいところだろうか。

そんなドローンだが、ダンジョン内で飛ばして遊ぶためだけに持ってきていたわけではない。

一つは暗闇の中の視界確保のためでもある。

ドローンにもＬＥＤライトが付いており、空中から俺たちの前方を照らしてくれているおかげで見やすくなっている。

あとは動画撮影もできる。

そして、このドローンにはもう一つ大きな機能が備わっていた。

「あれ？　もしかして、それってこのドローンの位置が表示されているの？」

「そうだ。こいつは俺が持つ発信機からの信号をキャッチしつつ、周囲のもののこともセンサーで把握して自動追尾で飛んでくれるＡＩを搭載しているんだ。で、そんなドローンとアプリの地図を連動させることで、ダンジョン入り口から歩いてきた道順や現在地を表示させることができる。このダンジョンに何回か来たけど、自分の位置が手っ取り早くわかるってのはすっごく助かるんだよ」

最近のＡＩの性能はすごいのだ。

飛んでいる際の速度や角度、センサーによる周囲の地形把握。

それらの情報を活用することで、割と正確な位置をドローンは把握できる。

そして、その機能をアプリの地図と連動させることで自分の位置の特定までできてしまう。

というか、なんならこのダンジョンの地図のない未開エリアもドローンを使えば新たな地図を作製してしまえるかもしれない。

迷子になりやすいこの空間でもドローンの機能を使えば怖くない。

今までは稼働時間の短さゆえに持ってきていなかったけど、魔力バッテリーでの使用時間延長ができればこれ以上ないほどの恩恵を得られることだろう。

そんな頼もしい新たな相棒と一緒に俺と琴葉は左回りでダンジョン内を進んでいく。

「マー君ってすごいね。よくあんな離れたところにいるスライムさんにその玉を当てられるよね。そういうスキルでも持っているみたい」

暗闇のダンジョンを歩く。

ダンジョン内では俺たちに装備したＬＥＤライトにプラスして今日は自動追尾型ドローンも周囲を照らしてくれている。

なので、いつもよりも明るい状況だが、それでも油断は禁物だ。

琴葉の知り合いもダンジョンで怪我をして非常に怖がっていると言っていたので、一層の注意を払いつつ、現れたスライムを倒しながら進んでいた。

そんな時、琴葉が言ってきた。

スリングショットによる攻撃についてだ。

多分、琴葉も俺がこんな方法でモンスターを倒しているのは知ってはいても、実際に見ると受ける印象が違ったのだろう。

お祭りであるような射的をイメージしていたら、思いのほか遠くの相手を狙い撃っていたと知り驚いている。

「スライムは動きがゆっくりだし、索敵範囲も広くないからな。落ち着いて相手をすれば怪我をするリスクは低い相手だよ」

「そうなのかな？　動かないっていっても、遠くのスライムさんを見つけるだけでもすごいと思うよ。音もしないで壁とか床に引っ付いているのに、見つけるのが早くて驚いちゃったし」

確かに、言われてみればそうとも言えるかもしれない。

というか、最初は割と見落としたりもしていたからな。

急に頭の上からスライムが落ちてきたりだとか、五メートル以内に入ってこちらを感知したスライムが近づいてきたりだとか。

そんなことが何度かあった。

そんな最初のころと比べると、今は俺の索敵能力も多少向上してきているのかもしれない。

まあ、スキルには【索敵】なんてものが発生していないし、ただの慣れなんだろうけれど。

そういうスキルがあればぜひ欲しいものである。

「それにやっぱり【収集】って便利だよね。撃った玉が自動で回収されるからそれを武器に選んだって言っていたけど、ほかの人だと飛んでいった玉を見つけるだけでも大変だよね」

「まあな。小さな金属の玉なんて洞窟内で探すのは時間の無駄になると思うよ。それなら、近接武器で殴りかかったほうが早いし」

「でも、なんでマー君は倒したスライムさんから核しか【収集】しないの？」

「……え？　どういうこと？　スライムはほかに手に入れられる素材ってないんじゃないのか？」

「ううん。そんなことないよ。だって、ほら。倒したスライムさんは『スライムの核』と『スライムの粘液』に分かれているじゃない」

「んん？　あ、もしかして、あの液体って素材になるのか。知らなかったよ」

琴葉に言われるまで一切気にしたこともなかった。

俺はここ数日、スライムを倒しても得られるのは魔石となるスライムの核だけだと思っていたのだ。

そして、昨日はそんなスライムを倒したら目には見えない経験値も得られるということに気が付いた。

だが、どうやら違ったようだ。

【錬金術師】で【鑑定】というスキルを持つ琴葉からすると、俺はせっかくモンスターを倒しているにもかかわらず取りこぼしているものがあるという。

それは、核とは別の、スライムの体を構成する大半である粘液だという。

「んー、でもあれって利用価値あるのか？　スライムの核だったら探索者ギルドで買取もしているけど、粘液は聞いたことなかったけど」

「そうなの？　【鑑定】ではしっかりとスライムの粘液って表示されるから、何かに使えるかもしれないんだけどな。あ、けど、【運び屋】さんじゃないと洞窟の地面にしみ込んでいく粘液をしっかりきれいに回収できないだろうし、それでじゃないかな？」

なるほど。

一理あるかもしれない。

スライムの核はスライムを倒した後に回収をしやすいが、粘液だと集めにくいだろうしな。

土混じりの粘液をギルドに持って帰ってこられても向こうも困るのかもしれない。

それに、核だって非常に低い買取金額なのだ。

粘液なんてものが高価で買取されることもないだろうし、そうであればいちいちギルドが買取可能品目として探索者に告げないかもしれない。

もしかすると、そういう事前情報が俺の認識に影響を与えたのかもな。

最初にこのダンジョンに来た時は、【収集】の効果範囲として戦利品という認識でスキルを使っていて、洞窟内の石や岩なんかが回収されていた。

だが、その回収した戦利品の中にスライムの粘液が含まれていなかったのは、まさしく事前情報でスライムから採れる素材はスライムの核である魔石だけだと俺が思い込んでいたからなのかもしれない。

「ちなみに、【錬金術師】的にはスライムの粘液っているのか？」

「あればうれしいかも。多分ポーションとかを作るときに効果を高めてくれる素材に使えそうな気はするから」

「わかった。じゃあ、あれも【収集】していこう。どうせ魔力精製水確保のために空のボトル容器をいくつも持ってきているしな」

ふーむ。

こんなものにも利用価値はあるのか。

多分、琴葉と一緒にこのダンジョンに来なければ俺は一生スライムの体液なんてものに見向きもしなかったはずだ。

このダンジョンに入るほとんどすべてといっていい探索者にとっても同じことだと思う。

やはり、物を作る生産職であってもたまにダンジョンに入ってもらい、実際にモンスターを倒しているところを見てもらったほうがいいのかもしれないな。

有用な素材を意外と見落としていることも考えられる。

琴葉の一言で気づきを得た俺は、早速新たにスライムの粘液を回収先に指定したボトルに【収集】する。

そして、後からボトルの内容物の確認が自分でもできるよう「スライムの粘液」とマジックで書き込んでおいた。

そんなことをしながらもダンジョン内を歩き続け、俺と琴葉は昨日見つけたモンスターハウスの近くまでたどり着いた。

「いた。どうやら成功したみたいだな。またモンスターハウスになっているよ」

「ここが昨日言っていたところなんだ。本当にスライムさんがたくさんいるね。でも、毎日同じところに集まるものなの？」

「条件によるんじゃないかな？　多分こいつらは餌に集まったんだよ。樹液に集まるカブトムシみたいにね」

琴葉と一緒にF－108ダンジョンへと潜った俺はあえて左回りで進んできた。

といっても、昨日と同じ完全な左手法というわけではない。

スマホの地図とドローンによる現在位置把握によって、昨日モンスターハウスとなっていた小部屋のところまで洞窟内の通路を最短距離でやってきたのだ。

その小部屋には通路の曲がり角から遠目で様子を見ると、大量のスライムがいることがわかる。

前日にいた百を超える数というほどではなかったが、それでも数十体に及ぶスライムがいた。

どうやら実験は成功したようだ。

多分だけど、これでモンスターハウスの再現ができる可能性が高い。

「どうやったの、マー君？　本当に樹液みたいな蜜を用意でもしていたの？」

「実際に甘ーい蜜ってわけじゃないけどね。ただ、もしかしたらスライムにとっては俺の用意した餌は甘く感じていたのかもしれないいな」

昨日、大量にいるスライムを倒していると、俺はその場でレベルアップを感じるほどの変化があった。

それはひとえに経験値を【収集】したことによるところが大きい。

が、たとえその手法を用いたとしても一度に多くのスライムを倒すことは普通ならばできない。

なので、俺はどうにかして同じような状況を再び作り出せないかと考えた。

効率よくレベルを上げるためにはスライムを集める必要がある。

そのためには何か条件がないか。

小部屋にいたスライムをすべて倒し終えた後、しばらくその小部屋を調べたのだ。

そしてこう考えた。

もしかすると、スライムたちは魔力を好むのではないだろうか、と。

スライムの体にある核。

文字通り、それはスライムの急所であり、ある意味で本体でもあった。

スライムの体の大半を構成する粘液ではなく、その核を弾き飛ばせばスライムは倒せるのだから。

そして、そのスライムの核はなぜか【鑑定】を行うと魔石と表示される。

つまりは、スライムの体を動かしている原動力は魔力なのではないだろうか。

このダンジョン内には魔力が漂っている。

それは目には見えないけれど、間違いなく存在し、俺の【収集】によって集めることができる。

魔力を魔石へと集めることで、魔石のレベルさえ上げることができるのだ。

その事実をもとに考えた時、ダンジョン内にいるスライムには個体差があったことを思い出した。

そこらにいるスライムを倒して、その戦利品として持ち帰った魔石はどれも一から五程度の低レベルではあるが、間違いなく個体差が存在している。

これはもしかすると、生きたスライムが魔力を取り込んで成長したことによる違いではないか。

つまりは、魔力の多いところほどスライムは好むのではないだろうか。

そんなことを考えながらの小部屋検分で見つけたのは壁にある小さな亀裂だった。

本当に小さな亀裂ではあるが、そこには若干濡《ぬ》れた形跡があったのだ。

もしかすると、俺が倒したスライムの粘液による濡れなのかもしれない。

が、手で触ってみた感じではそれほどの粘り気がない。

ということは、この壁の亀裂からは水が出ていたのか？

もしその水に対してスライムがたかるようにして集まり、モンスターハウス化したのだとすれば、その水は魔力を含んだものだったのかもしれない。

「えっと、ようするに壁の亀裂から出ていた水っていうのは、魔力精製水だったたってことなのかな？」

「さあ？　このダンジョンの壁がどういう構造になっているのかは知らないけど、壁から出てくる水が精製水ってことはないだろうし、もしかすると鑑定すると魔力水とかって表示されるのかもしれないな。けど、俺がスライムを集めるために使ったのは琴葉が言うように魔力精製水だよ」

「そっかー。だからなんだね、昨日持って帰ってきていた魔力精製水の量がその前よりも少なかったのは」

「そういうこと。俺が集めて荷物として運んでいた魔力精製水をこの小部屋に残してきたんだよ。その魔力精製水にスライムたちが集まってくるかもって思ってのことだったけど、見事に狙い的中だ」

モンスターハウスの再現。

おそらくはこのダンジョンだからこそできる方法ではないだろうか。

スライム以外のモンスターだと小部屋に魔力精製水を残していったところで一日でこんなに数十体も集まらなかったかもしれない。

それに、真っ暗で人気のないダンジョンであるという点も大きい。

もしもここが人気のダンジョンだったら中にいる探索者も多いだろうし、モンスターハウス化する前にスライムが倒されたり、あるいはほかの人が横取りしていったかもしれないからだ。

だが、ここでは運よくすべての条件がそろったようだ。

魔力を含む水に集まるスライムたち。

位置的に奥まったところにあり、ほかの人が知らずにここに来る可能性はあまりないこと。

それに、近接武器を使う人はここまで大量に集まるスライムは相手にしにくいという点も関係しているだろう。

なんにせよ、このモンスターハウスの再現がうまくいくならばもうしばらくレベル上げに使えそうだ。

まあ、とりあえず今日のところは琴葉のレベルを上げることにしよう。

そう考えた俺はスライムを倒して得られる経験値を琴葉の総取りとなるように【収集】を意識しながら、スリングショットによる攻撃を開始した。

「どうだ、琴葉？　【鑑定】してみた結果は」

「この壁から出てきているのはやっぱり魔力精製水みたいだね。マー君の考えた通り、スライムさんたちはこの水を飲むために集まっていたみたいだよ」

「いやいや。そうじゃなくて、琴葉のレベルだよ。上がったのか？」

通路の先から袋小路になっている小部屋にいる大量のスライムに対してスリングショットで攻撃を行う。

しばらくは、俺がスリングショットの玉を飛ばし続けるだけの光景がドローンに記録映像として残ったかもしれない。

飛ばした玉をひたすら【収集】で回収しつつ、攻撃することでモンスターハウスとなっていた小部屋からはついにスライムの姿が消えた。

生き残りがいないかを小部屋に入って確認し、いないと判断した後、俺は琴葉へと質問したのだ。

そんな琴葉が壁の亀裂からにじみ出ていた水について言及する。

違う、そうじゃない。

それも確かに大切な情報ではあるかもしれないけれど、今重要なのは琴葉のレベルだ。

俺の言葉を受けて、琴葉は自分自身へと【鑑定】を行い、そしてピースサインを向けてきた。

「すごいよ、マー君。私のレベルが八まで上がっているよ」

「……まじか。やったじゃん。スキルは変わりないか？」

「【鑑定】も【錬金】も【調合】も、スキルには変化ないみたい」

なるほど。

ひとまず、これでわかったことがいくつかある。

俺は琴葉の変化について確認したことで、頭の中で情報を整理する。

まず、前提として一般的に言われているダンジョンの常識は次のような項目のはずだ。

ダンジョンに入り、モンスターをたくさん倒すと肉体レベルが上がる。

ダンジョンの中でも外でも、スキルを使用すればスキルレベルが上がる。

モンスターは自分自身で倒さなければ肉体レベルは上がらない。

一緒にダンジョン内を探索し、協力してモンスターを倒してもとどめを刺した人だけがレベルアップする。

これらのことから、これまで、少なくともネット上にある情報では自分自身の行動による成果でしかレベルが上がらないと言われていた。

もちろん、この主流の説に対しての反論意見はネット上ではいくらでも転がっている。

例えば、一緒にモンスターを倒してもレベルアップしないとはいうけれど、それはレベルの上がるタイミングが人それぞれでずれているから判別できないだけである、とかだろうか。

ただ、それに対する反論としての意見もまた存在した。

いわく、同じメンバーでパーティーを組んでダンジョン探索している者たちでは戦闘職ばかりレベルが上がり、【運び屋】などはほぼレベルが上がらない。

そして、同じ戦闘職の者たちであってもキルスコアの高い者ほどレベルが上がるため、やはり撃破した者が経験値的なものを総取りするのではないか、というものだ。

おそらく、この主流の説というのは間違っていないのではないかと俺も思う。

ただし、【収集】というスキルを使わなければ、という条件が付くが。

モンスターを倒したときに得られる経験値を【収集】スキルで集める。

そうして、集めた経験値を人体に回収する。

こうすると、それをしないよりも効率よく経験値を得られ、さらには俺が倒したスライムの経験値を琴葉の体に入れて肉体レベルをアップすることもできる。

……この俺の説を言語化すると、不思議に思える。

ぶっちゃけて言うと、誰でも思い付きそうな簡単なことではないだろうか。

誰かが気づいていてもおかしくはない。

だが、このやり方は少なくとも玉石混交《ぎょくせきこんこう》しているネットの情報の中でも俺は見かけることはなかった。

多分だが、これには理由があるんじゃないだろうか。

それは、日本ではダンジョンが出現した当初、それを見て見ぬふりをしようとしたからだ。

急に現れた全く未知のモンスターが出てくるダンジョンという摩訶不思議なもの。

中に入れば命の危険にさらされる危険度の高いダンジョンもたくさんあるという。

そんなダンジョンに対して、日本国民が最初に心配したのは「安全かどうか」だ。

もしも何かあったらどうするんだ。

たとえ、それが命を懸けて内部を調べる警察官なり自衛隊員であっても、怪我一つしただけでも問題として突き上げられる。

だからこそ、それを恐れた政府は国内のダンジョンを封鎖していった。

その結果、ダンジョンに関する情報というのは国内からはほとんど得られなかったのだ。

そうなると、情報は海外からのものとなる。

で、海外ではどうなったかというと、銃を使った。

ダンジョンについての一番の情報源が米国《アメリカ》だったのが要因だろう。

【運び屋】やその他の非戦闘職を得た者たちは、戦闘系の【職業】を得た者たちと比べるとレベルアップしにくいという現象に気が付き、すぐに可能な対処を行ったのだ。

別にダンジョンが現れたからといって剣などで戦わなければならないという決まりはなかった。

ダンジョン内にいるモンスターを銃で撃ち殺したり、あるいは車でひき殺してもよかったのだ。

つまり、銃という文明の利器を使用してモンスターを倒したのであれば、その人がどんな職業を持っているかにかかわらず、ある程度肉体レベルを上げることができたのである。

なので、俺のように【運び屋】になった探索者がどうやってレベルを上げようかと頭を悩ませて試行錯誤《しこうさくご》をする必要がなかったのではないだろうか。

方法はなんでもいい。

モンスターさえ倒せばレベルは上がる。

この結果、国外から入ってくる最先端のダンジョン情報として【運び屋】は自力での戦闘面としてみるとハズレ【職業】であり、その【運び屋】の持つ【収集】というスキルが他者にも干渉してレベルアップを助ける働きがあるという情報に至らなかった、のではないだろうか。

まあ、そのへんのことはどうでもいいか。

もしかしたら全く別の流れで情報が得られなかったのかもしれない。

あるいは、俺が知らないだけで知っている人はこんなこと当たり前に知っているのかもしれない。

そして、俺の説が本当に正しいのかどうかも他人に対して証明する必要もない。

俺が、俺と琴葉に対して使えればいいのだから。

しばらくはレベル上げをしていこう。

このF－108ダンジョンでのモンスターハウスを作る方法も得たことだしな。

スライム相手にどこまでレベルが上げられるかわからないが、時間が許す限り肉体レベルを上げていこうと考えたのだった。

10　鏑木家へ

「今日はどうだった、琴葉？」

「うん、楽しかったよ、マー君」

Ｆ－１０８ダンジョンで琴葉のレベルを上げ、そして帰還した。

再びモンスターハウスになるようにボトルに入れた魔力精製水を小部屋へと置いた状態で探索者ギルドの建物へと戻ってきた俺たちは、そこでライセンスカードを取りに行った。

Ｍ＆Ｋというクランを作ったことで、俺たちのカードにはそのクラン名が所属先として記載されるようになっている。

そんなカードを琴葉はうれしそうに受け取り、そして今、俺たちは電車に乗って俺の家へと戻ってきたのだ。

今日のレベリングで琴葉は肉体レベルが一から八へと変化した。

そして、俺は変化なしで十一のままだ。

スライムを倒して得た経験値をすべて琴葉の肉体へと【収集】したことでそうなった。

が、お互いスキルのレベルには変化がない。

「これからはダンジョンに潜るときには経験値だけを分配して、熟練度はそれぞれの体に回収するほうがよさそうだな」

もしかすると、俺が得た熟練度を琴葉も得られるかもしれない。

可能性は低そうだったが、今日のダンジョン探索では【収集】や【重量軽減】、【体力強化】についての熟練度も琴葉に回していた。

あわよくば、【錬金術師】の琴葉に対して【運び屋】のスキルが生えないだろうかと考えたからだ。

だが、それはさすがに都合が良すぎる考えだったのかもしれない。

琴葉には【運び屋】に関連したスキルが新たに出現することはなかった。

今日一日だけ、というか数時間の検証で結論を出すのには早すぎるかもしれないが、日中の職場での熟練度稼ぎも功を奏さなかったことを考えると、スキルレベルというのは自分で努力する必要がありそうだ。

うまくいけば、俺も【錬金術師】のスキルが手に入るかもしれないと考えていたがさすがに無理そうだな。

「……それなんだけど、私はマー君ほどダンジョンには行けないかもしれないよ？」

「ん、まあ、そりゃそうだろうな。俺は割と定時上がりできる職場だけど、琴葉はまだ学生だし、学校の後は塾もあるもんな。むしろ、今日まで連続で俺の家に顔出してくれていて助かったし」

そうなんだよなぁ。

俺よりも少し年下の琴葉は今を時めく女子高生だ。

そして、たいていの学生というのは学校が終われば自由な時間が待っている、というわけではない。

むしろ、学校が終わった後のほうが忙しくしているかもしれない。

クラブ活動や塾、習い事にバイトや遊び。

やるべきことややりたいことが山ほどある。

そんな中でも塾などは、親が金を出してくれているがゆえに勝手に休めばばれるし、怒られもするのだろう。

……琴葉を俺と一緒にダンジョンに潜らせてください、なんて言ったら琴葉の両親はどう思うだろうか。

普通ならば嫌がるかな？

実際、琴葉のクラスメイトの子はダンジョンで怪我をして怖い思いをしたそうだし。

それを琴葉が家で親に話したかどうかはわからないが、もしかするとそういう連絡が親にも行っているかもしれない。

学校からの連絡がなくても、保護者同士でメッセージアプリを使っての連絡網くらいありそうだな。

「ってか、琴葉んちの親はダンジョン探索について何か言っているのか？」

「うーん。どうなんだろうね。お母さんは前にお野菜ダンジョンに行って持って帰ったサクランボを気に入ったから、自分でも探索者になろうかしら、なんて言っていたけど」

「親父《おやじ》さんは？　琴葉パパは確かしっかりした人で、ぶっちゃけ子どもの時の俺は怖かったイメージもあるんだけど」

「あはは、そうかな？　私には優しいんだけどね。ただ、学校帰りにダンジョンに行くのはあまりいい顔はしないかも。遅くに帰ってくるのもダメだって言うし」

なるほど。

ってことは、学校のある平日は琴葉をダンジョンに連れていくのは難しいかもしれないな。

そうすると、休日にダンジョンでレベル上げをすることになるのか？

ただなぁ。

最初の琴葉の要望としては、休日こそ遊び感覚で入ることができるお野菜ダンジョンのような場所に行きたいって話だったからな。

できれば、平日にレベルを上げるために一緒にダンジョンに潜れたらいいのだけど。

琴葉の親を説得でもしてみるか？

今後のことも考えて、どうしていくか、二人で考えることにした。

二人で話し合った結果、まずは何はともあれ、実際に俺が琴葉の親に会いに行って挨拶したほうがいいんじゃないかということになった。

◇

「あらあら、まあまあ。ずいぶん久しぶりねぇ、真央くん。元気にしていたのかしら？」

「お久しぶりです、おばさん」

「もう。真央くんったら、おばさんなんて呼ばないでよ。昔みたいに名前で呼んでほしいなぁ」

「えっと、じゃあ、ゆかりさん。お久しぶりです」

俺の住むマンション。

そのマンションを出て歩いていける距離に琴葉の家がある。

ここ数日は琴葉が俺の家で【錬金】や【調合】をしてくれた後、一緒に歩いて送り届けていた。

家の前まで送っていって、またな、と言って帰っていたのだ。

だが、今日は違う。

俺がそのまま琴葉の家にお邪魔したからだ。

「今日はどうしたのかしら？　真央くんが来るとわかっていたら、何か用意しておいたのに。ええと、あまりおもてなしはできないかもしれないけれど、とりあえずコーヒーを淹《い》れるわね。あ、それともジュースとかのほうがいいかしら？」

「ありがとう、ゆかりさん。それじゃあ、コーヒーをいただきます」

「うふふ。わかったわ。ソファーに座ってちょっと待っていてね」

琴葉の家に入るとそこで琴葉の母親と会った。

ゆかりさんだ。

琴葉は俺と話すときには割と普通なのだが、普段はどっちかというと地味なタイプだ。

猫背気味だし、小動物っぽい感じだろうか。

そんな琴葉の特徴はゆかりさんから引き継いでいるのだと思う。

割と小柄で、童顔のゆかりさんは下手をすると琴葉の姉に見えるだろう。

一緒に並んでも母親だとは思わないくらいだが、タイプは違う。

人当たりが良く、誰とでもすぐに仲良くなれて元気なタイプだ。

昔から俺の親が不在のときにはゆかりさんが家で預かって面倒を見てくれたりもして助かったのを思い出した。

「それで、今日はどうしたの？　いきなり訪ねてきたからびっくりしちゃったわ」

「実はちょっとお話があります。琴葉とダンジョン探索のことなんですけど」

「ダンジョン？　聞いているわよ。真央くんも探索者になったのよね。琴葉ったら最近はずっとその話ばかりしているんだもの」

「ちょ、ちょっと、お母さん。やめてよ」

「いいじゃない、本当のことなんだし。それで、そのダンジョンがどうかしたのかしら？」

「実は俺と琴葉は一緒にダンジョンに潜るにあたってクランっていうのを作ったんです。それぞれがダンジョンで手に入れた素材を共有して、そこから生み出したものを管理する。言ってみれば会社みたいな組織です」

「へぇー、クランね。それがどうしたの？」

「同じクランで活動するってことで、今は俺の家の一室を倉庫代わりにして活動拠点としているんです。それで、できれば琴葉にはダンジョン探索や素材を使った生産をしてほしくて、平日とか時間のあるときにダンジョンにまつわる活動をする許可をもらえないかと思って今日はお話に来たんですよ」

「あら、そんなことなの？　いいわよ、別に」

「いいんですか？」

「問題ないわ。だって悪いことをしているってわけじゃないんでしょ？　それに、遅くなったら真央くんが送ってくれるなら安心だしね。ただ、琴葉はちゃんとお勉強もしないとだめよ？　あんまり成績が悪くなったりしたら、さすがにお母さんは意見するからね」

「大丈夫だよ、お母さん。マー君の家で物を作るだけなら、勉強の邪魔にはならないもん」

「はい、決まりね。話はそれだけ？」

「え、あ、はい。っていうか、いいんでしょうか？　琴葉のお父さんの話は聞かずに決めても」

「大丈夫でしょ。あの人は琴葉の塾が何曜日にあるかなんて知らないもの。帰ってくるのが多少遅い日があっても琴葉から連絡があったって言えば納得するはずよ。だから、遅くなる日はちゃんと事前に連絡を入れておいてね」

　ゆかりさんによる即決。

　これにより、琴葉は平日にダンジョンに潜ったり、俺の家で【錬金術師】としてスキルを使ったりすることを認められた。

　本当はいろいろ説得材料を用意してきたのだけれど必要なくなってしまったな。

　将を射んとする者はまず馬を射よ、ということで親父さんを説得する前に母であるゆかりさんに話を持ってきたけど、決定権を持っているのはこの人だったようだ。

　なんにせよ、未成年である琴葉が平日からダンジョンでの活動をする許可を正式に保護者から得られたことになる。

心配事が一つなくなった俺はそのまま琴葉の家で夕食までお呼ばれしたのだった。


「え？　琴葉の将来の夢ってパティシエなの？」

「そうなのよ。ね、琴葉？　この子ったらちょっと前からお菓子作りが好きになってね。私がケーキ屋さんで働いているのもあって、自分もなるって言うのよ」

琴葉の家でゆかりさんにダンジョンでの活動のことを話した。

そして、そこで琴葉の活動の許可を得て、その後、俺は琴葉とゆかりさんと一緒に食事をすることになった。

ゆかりさんはあり合わせのものでごめんね、などと言っているが一人暮らしをしている俺からすればごちそうと呼べる料理が振る舞われた。

じっくりと煮込んで作られたビーフシチューにはどうやらお野菜ダンジョンで琴葉が持って帰ったニンジンやジャガイモも使っているらしい。

同じ材料で琴葉は俺の家でカレーを作ってくれたが、それと同じくらいおいしい。

付け合わせのサラダや副菜と合わせて、俺はお代わりまでしながらおなかいっぱいに食べていた。

そんな時だ。

ゆかりさんがふと漏らした発言で思わず聞き返してしまった内容のものがあった。

それは琴葉の将来の夢、あるいは希望というべきものだった。

「お菓子作りか〜。琴葉は料理も上手だけど、そういうのも得意なんだな。でも、【錬金術師】の【職業】を得たから、俺はてっきりそっち方面の仕事でもするのかなーと思ってたよ」

将来の夢はパティシエ。

それを聞いて、すごいなと思った。

俺は父が早くに他界して、母がその後再婚するとなった時に、とにかく早く自立がしたいと考えた。

多分、大人になりたい、という気持ちが強かったのだろう。

だから、大学に進学せずに就職するという選択をした。

なので、毎日仕事に出かけているが、別にどうしても倉庫仕事がしたいと思って今の職場を選んだわけでもない。

だからか、将来の夢があると聞いてちょっとだけうらやましいと思う気持ちもあった。

本当にやりたいことがあるというのはいいことだと思う。

ただ、それでももったいないという気持ちも俺の心にはあったのは事実だ。

ダンジョンで得た【職業】で当たりだと言われる【錬金術師】に琴葉は選ばれたのだ。

一生安泰とも言える【職業】は実際に仕事として長く続けられるだけに、それを使わないのは惜しい。

そういう気持ちがないまぜになっての発言だった。

「いや、ごめん。別に他意はないんだ。自分がやりたいことがあるなら、それを実現するために頑張ったほうがいいと思うしね。【錬金術師】だからってそれを本当に職として働かなければならないわけじゃないもんな」

「ご、ごめんね、マー君。せっかくマー君がダンジョンのことを楽しそうに話してくれていたから言えなかったんだ」

「別に謝る必要なんてないよ。琴葉のやりたいようにやればいいんだから」

「ありがとう。でも、私は探索者になって【錬金術師】になれたのは良かったと思っているんだ。だって、【錬金術師】の【職業】もお菓子作りに役立つから」

「え？　どういうこと？　【錬金】が何か役に立ったりするのか？」

「えっと、ちょっと違うかな。お菓子作りに役立ちそうって思うのは【調合】のほうなんだ。そうだ、ちょっと待ってね。もうすぐ焼きあがると思うから」

焼きあがる？

なんのことだろうか。

俺が琴葉の言葉を聞いて、頭にクエスチョンマークを浮かべている時だった。

キッチンのオーブンのほうから音が鳴ったのだ。

もしかして、何か作っていたんだろうか？

「じゃーん。クッキーだよ。私が焼いたんだ」

「へえ、すごいきれいに焼けているね。いつの間にこんなの用意していたんだ？　俺と一緒に帰ってきたから時間なかったように思うけど」

「ふふふ。そう思うでしょ？　実はこれが【調合】をお菓子作りに役立てた結果なんだよ。クッキー生地に使う材料を【調合】で混ぜ合わせて用意したんだ。だから、私はそれでできた生地を焼いただけなんだよ」

【調合】でクッキー生地を作ったのか？　そんなことができるんだな。じゃあ、ちょっと一枚もらうね。いただきます」

そういえば、琴葉は前にも似たようなことをしていたっけな。

確かカレーに使うスパイスを【調合】で混ぜ合わせていたんだった。

その時も驚いたけれど、今回のことも驚いた。

俺はダンジョンで得たスキルはダンジョンのために使うという発想しか持っていなかったように

思う。

だけど、琴葉は違った。

それを自由に使う柔らかい発想力を持っていたのだ。

琴葉が焼いた【調合】クッキーを食べる。

まだ焼きたてでアツアツだ。

それを口に入れてハフハフと言いながら噛むと、まだ少し軟らかい感じがする。

多分、冷ませばサクサクとした食感になるんだろう。

それでも十分以上においしいクッキーだった。

しっかりと風味のあるこのクッキーがスキルを利用して作られているなんて、誰が想像できるだろうか。

これなら確かにできるのかもしれない。

【錬金術師】という【職業】を利用した世界でも珍しいパティシエが将来誕生するかもしれないと思いながら、俺は次々とクッキーを食べていった。

「ふー……。ごちそう様。ゆかりさんのおいしいごはんの後に、琴葉のクッキーをたくさん食べたからおなかがパンパンだよ」

「ふふ。お粗末様でした。味はどうだったかな、マー君？」

「ああ、すごくおいしかったよ。まさか【調合】を使ってクッキーを作るなんて俺では考えもしなかったけどうまくいくものなんだな」

クッキーを食べる手が止まらなかった。

上品なお皿の上におしゃれな飾り紙を敷いて、その上に並べられたクッキーを俺は一心不乱に食べ続けていた。

それを見てゆかりさんが淹れてくれた紅茶もクッキーとマッチしていて非常に美味で俺を楽しませてくれた。

ただ、ちょっとはしたなかったかもしれない。

琴葉の家には久しぶりに来たし、ゆかりさんと会うのもそうだ。

これでは食いしん坊キャラに見られてしまいそうだ。

「便利よね、スキルって。でも、私は逆に勘違いしちゃっていたかもしれないわ。だって、琴葉ったら家ではずっとお菓子作りにスキルを使っていたのよ？　私はてっきり【錬金術師】って料理が得意なのかと思っていたもの」

「いやいや、そんなわけないですよ。っていっても俺もそこまで【錬金術師】のことに詳しいわけじゃないんですけどね。ただ、【錬金術師】になったら手に入る【調合】は本来料理やお菓子作りじゃなくて、回復薬を作るものなんですよ」

「回復薬？　傷を治すお薬ってことよね？」

「はい。前に琴葉が作ってくれた回復薬は八等級ポーションでした。これはすごいんですよ」

【錬金術師】は回復薬を作る【職業】である。

こう言うと、ちょっと語弊があるのかもしれない。

だって、本来的な意味で言えば金を錬成するのが錬金術師というものなのだろうし。

ただ、ダンジョンで得られる【職業】として言えば、金属についての【錬金】よりも【調合】のほうが注目を浴びている。

まあ、魔石を使った魔力バッテリーなどすごいものが作れるので決して【錬金】が悪いスキルというわけではないのだけれど。

「それってそんなにすごいの、真央くん？」

「もちろんですよ。俺や琴葉が入ったことのあるダンジョンは安全なところなんで怪我をするリスクもあまりないんですけど。だけど、より上位のダンジョンは危険なモンスターも出るんです。で、当然そういうところだと怪我をする人もいる。そんなときにポーションが役に立つんですよ」

「でも、それならきちんとお医者様に診てもらったほうがいいんじゃないかしら？　危険な動物と戦って怪我をしたのなら、傷薬ではどうにもならないと思うのだけど」

「そうですね。普通ならそうです。でも、スキルによって生み出されるポーションは即効性が高いんですよ。飲むだけで傷を瞬く間に治してくれる。病気とかは治らないみたいなんですけど、外傷に対しての効果は既存の薬を超えるからこそ需要があるんです」

一番質の低い十等級ポーションでは擦り傷などを治す効果しかない。

いや、それでも十分すごいけどな。

腕や足などを広い範囲で擦りむいた痛々しい傷が飲むだけでみるみる治っていく薬なんてものは普通ないだろう。

普通の現代医療であれば、傷の範囲が広ければ塗り薬を塗ったり、狭ければ絆創膏《ばんそうこう》やラップ療法を行うくらいじゃないだろうか。

それでも治るまでには何日もかかる。

だが、ポーションならば違う。

モンスターとの戦闘中に傷を負ったとしても、ポーションを服用すれば戦闘続行が可能なのだ。

多分、痛み止めの効果も強いんだと思う。

さらに等級が上がればポーションの効果はより高まる。

九等級ポーションでは擦り傷だけではなく裂傷、つまり切り傷なども治るそうだ。

八等級では九等級では治りきらない裂傷も治せるというのだから、たいていの戦闘での傷を治すのに使えるのではないだろうか。

そして、もちろんポーションはダンジョン内のみでしか使えない、なんてことはない。

ダンジョンの外であるリアルな世界でも使えるのだ。

例えばだが、俺の仕事の同僚であるおじさん社員の緒方さんがいる。

緒方さんは最近腰が痛くて、ぎっくり腰になる手前の状態だとよく言っている。

病気には効かないらしいが、こういう痛みが主な症状であればポーションはよく効くらしい。

俺はなったことはないが、ぎっくり腰は本当に動けなくなるみたいだ。

そして、すぐに治ればいいが、そうではないことも多い。

何日か仕事を休んで痛み止めを飲んだり注射《ちゅうしゃ》して静養する必要があるのだろう。

それがポーションを使えばすぐに治るとすればどうだろうか。

誰もが欲しがるだろう。

いや、そんな身近な話ではすまない。

例えばそれが俺や緒方さんのような一般人ではなく、プロのスポーツ選手が相手ならわかりやすいかもしれない。

高額な年俸をもらう有名選手が試合中や練習で怪我をした。

だが、試合に出なければならない。

そんなときに、超即効性の薬があればどうなるか。

喉から手が出るほどに欲しいと思うのが普通ではないだろうか。

「ちなみに、等級の高いポーションは美容効果もあるらしいですよ。お肌の傷やシミ、しわなんかも治す対象になるって、ネット記事で見ましたから」

「……それは本当なの、琴葉？　なんでそんな重要なことを今までお母さんに言ってくれなかったの？」

本来の【錬金術師】としての王道の仕事であるポーション作り。

決して、お菓子作りや料理が主目的ではないことを説明するついでに、ポーションの効果とその効果範囲の広さについてを説明しようと美容効果にまで話が広がった。

それを聞いたゆかりさんの目つきがきりっと鋭くなった。

今までそんな話は聞いていないぞと琴葉に詰め寄るように問いただすゆかりさん。

昔からおっとりのんびりしたゆかりさんの雰囲気とは少し違うから、一瞬ちょっとだけびっくりしてしまう。

今でも琴葉と二人で横に並べば姉妹かと思う若々しい姿なのに、やっぱり女性は美容のことに敏感なんだろうか。

「もし良かったら、試しにポーションを飲んでみますか？」

「いいの、マー君？　私が【調合】で作ったポーションをお母さんが飲んだ場合でも、厳密には法律違反になるんじゃなかったっけ？」

「まあね。本当は正規の料金を払わないと駄目なんだけどさ。クランメンバー内でやり取りする場合に限りは免除されるってことで、ここは皆でポーションの試飲をしてみるってのはどうだろう。俺や琴葉が飲んだ時に、なぜか一本分多く消費しちゃったってことにする、とか？」

今後も琴葉と一緒に活動するうえで、ゆかりさんの理解を得ておくことは大前提だ。

そして琴葉のお父さんをいざというときに説得できるように、強い味方へと引き入れておく必要もある。

そのためには、メリットを示しておけたほうが望ましい。

本来であれば私的なポーションの提供というのはほめられたことではないだろうけれど、ここは一つ、クランを作ったことで抜け道が存在している。

なので、俺たちは琴葉が作った高品質なポーションを味見、試飲してみることにした。

「はい、できたよ。今日採った素材で作ったポーションはなんと七等級になりましたー」

「へえ。昨日よりも等級がさらに高くなっているな。じゃ、三人で一斉《いっせい》に飲んでみようか。せーのっ！」

ポーションの試飲のために、俺が一度自宅へと戻り素材を持ってきた。

今日採れたての魔石のほかに、魔力精製水やスライムの粘液もポーション用の素材として使用している。

とくに、昨日まではスライムの粘液が素材になるなんて知らなかったためにポーション作りにも使用していなかった。

つまり、今日は新たに原材料を増やしてのポーション作りだったが、その結果、昨日よりもさらに高品質なものが出来上がったようだ。

小さな瓶型の容器に入った薄い青色の液体。

少しだけトロミが付いているその七等級ポーションを、三人同時に口に含み、ゴクリと飲み込んだ。

意外と飲みやすい。

最初に感じたのは、それだった。

もっと薬草の苦みなんかがあるのかと思っていたけれど、飲みにくい苦みの類《たぐい》は一切なく、むしろほのかな甘みが感じられる。

これなら、ダンジョン探索中の疲れたときにも飲みやすいだろうし、モンスターの戦闘中にも一息でゴクッと飲めそうだ。

ドン、ダダダッ。

俺がそんなふうにポーションの飲み心地についての感想を抱いていた時だ。

急に大きな音がして驚かされる。

驚いたのは琴葉も同じだったようだ。

二人してポカンと目を合わせ、そして、その音を発した人物の後を追うように視線を移動させる。

「す、すごいわ！　お肌の艶が全然違う。目じりのしわもないし、髪もキューティクルが輝いているわ。爪も指もこんなに……」

リビングのテーブルで同席していたゆかりさんがポーションを飲んですぐに大きな音を立てて立ち上がり、隣室へと行った音。

それが俺たちを驚かせた原因だった。

そして、隣の部屋で何やら鏡台《きょうだい》の前にて自分の姿を見て声を発するゆかりさん。

どうやらゆかりさんはポーションの飲み心地なんかよりも、その効果による肉体の変化を感じ取っていたようだ。

そんなに変わったかな？

改めて俺は自分の肉体の状況について考える。

確かに、変化はある。

ダンジョン探索での肉体的な疲れがまずなくなっているし、最近できた細かい傷がそういえばないなと気が付いた。

洞窟を歩き回っているから、スリングショットという遠距離攻撃しかしていないけれど、壁の岩で擦った皮膚の傷やら、ゴムを引っ張ることでできる指の傷なんかがない。

ただ、大怪我をしていたわけでもないし、基本的には健康体だったから、すぐには肉体の変化には気が付かなかった。

それに対して、ゆかりさんは肉体の変化に敏感に反応していた。

しばらくは、自身の体の変わりように驚きながら、あちこちを観察していた。

が、それもしばらく時間がたつと冷静さを取り戻したのか、再びリビングへと戻ってきて俺たちの前に帰還する。

……確かに違うな。

さっきまでも十分に若々しいと感じていたゆかりさんだけど、本当に数歳くらいは若返ったんじゃないかと思うくらいきれいになっている。

髪の毛もサラッツヤッとしているし、ほっそりとした指が先まできれいだ。

洋菓子店で働いているというだけあって、手指を使う仕事をしている関係でネイルアートをしていない爪が輝いて見える。

なんというか、これまでの可愛らしいお母さんという印象が、炊事仕事すらしたことのないお金持ちのマダムのような生活をしている女性みたいな印象の変化が感じ取れた。

「お母さん、きれい」

「ありがとう、琴葉ちゃん。ぜひとも、これからは真央くんと一緒に探索者を頑張ってちょうだい。っていうか、お母さんも二人のクランに入りたいわ。どうしたらいいのかしら？　今からでも入れるの？」

「今は無理かなー。最初は探索者の資格を取らないといけないいんだよ。えっとね、まずは役所に申請して講習を受けないと駄目なんだ」

「わかったわ。お母さん、すぐ講習を受けて探索者になる。そしたら、二人のクランに私も入れてね？　約束よ、琴葉ちゃん。それに真央くんも」

「あ、はい。よろしくお願いいたします」

ゆかりさんが本気だ。

どうやら、できたばかりのM＆Kというクランには、新たに次期加入候補が立候補を名乗り出たようだ。

琴葉のポーションさまさまだ。

こうして、可愛くてきれいなゆかりさんも将来的な仲間に迎えることになり、俺と琴葉の探索者生活がこれからも続けられることが決まったのだった。

11 新たなステップへ

「マー君は明日もダンジョンに行くの？」

「いや、明日はちょっと行くところがあるからダンジョンには行けないかもしれない。行けたら行きたいんだけどね」

「あ、そうなんだ。うん、それがいいよ。さすがにあんなに暗いところに毎日行くのは体が疲れちゃうもんね。でも、それならどこに行くの？」

「あー、そのことなんだけどな。車でも買おうかと思っているんだよね」

「え、マー君、車を買うんだ？」

「一応、そのつもりかな。今までは必要ないから持ってなかったけど、やっぱり時間を気にせずに移動できるし便利だから」

そろそろ琴葉の家からおいとましようかと考える時間になった。

帰る雰囲気を醸し始めた俺に対して、琴葉が明日の予定を聞いてくる。

ここ数日は毎日ダンジョンへと潜っていた俺だから、明日もダンジョンへと行くのだろうと思ったようだ。

だが俺は、明日はダンジョンへは行かずに用事を済ませることにしようかと考えていた。

それは、車の購入だ。

現状では俺は車を所有していない。

これは必要なかったからだ。

自転車や電車、バスがあればある程度不便なく暮らせる生活であったとも言えるだろう。

が、これからは必要かもしれない。

というのも、いくつか理由があった。

それらの理由の大本は当然ながらダンジョンにある。

最近始めてドはまりしているダンジョンライフだが、どう考えても車があったほうが便利なのだ。

一つは荷物にある。

【運び屋】の俺は背負子を背負い、それに複数の鞄を積んで、さらには武器なども持っていく。

そして、それら以外にも身に着ける装備もたくさんあり、今日などはドローンまで持ち込んだのだ。

それらは現状ではダンジョンを管理しているギルドの建物のロッカーに預けている。

荷物を預けられる、というのは非常にありがたい。

最初はそう思っていた。

けれど、数日ダンジョンに入ってみて思った。

それはダンジョンを、レベルを上げるトレーニングジム代わりに使っていたとしても、決してジムと同じではないのだということだ。

ダンジョンに入ればその際に入手した荷物もある。

行きよりも帰りのほうが荷物の総量が増えるというわけだ。

さらに、身に着けていた衣服などはロッカーに放り込んでおくわけにはいかない。

そんなことをすれば運動部の更衣室にあるロッカーのように異臭の漂《ただよ》う魔のロッカーとなってしまうだろう。

そして、衣服以外にもきちんと手入れしておいたほうがよいものもある。

それらを持って帰ろうとすればどうしても大荷物になってしまう。

【運び屋】のスキルがあるから背負って帰れば疲れるわけでもないのだけれど、【重量軽減】スキルはあくまでも重量を軽くしてくれるだけだ。

アイテムボックスのようにどんな荷物の量でも手ぶらで移動できるわけでもないので、どうしても邪魔になってしまう。

さらに言えば、ロッカーに荷物を預けておくと、別のダンジョンに行くことができなくなるという問題もあった。

例えば、今はＦ－１０８ダンジョンへと足繁《あししげ》く通っているが、休日などは琴葉と一緒にＦ－47ダンジョンであるお野菜ダンジョンに行くことになるだろう。

あるいは、平日の仕事終わりに別のダンジョンへと急に行きたくなるかもしれない。

そんなときに、いちいち荷物を預けてあるギルド建物のロッカーにまで取りに行くのは非常に面倒に感じてしまう。

それにダンジョンというのは人間の生活に合わせて出現したわけではないしな。

俺が行ったことのある二つのダンジョンは駅から近かったが、そうでないものも多い。

もしも、今後、レベルを上げるのにさらに好都合なダンジョンに行きたいと考えたとき、公共交通機関では行きにくい場所だったら困るだろう。

そんなもろもろのことを考えると、自分の車を買ってそこに荷物を積めるようにしておいたほうがいいだろうと考えたわけだ。

お金ならばまだある。

ちょっと最近金遣いが荒いようにも思うが、なんだかんだで住んでいるマンションが実家で俺自身が家賃を払っていないというのが大きいからな。

普通ならば家賃で結構な額が消えてしまうところを、俺はさほど無駄遣いしていなかったため、それなりに貯金ができている。

なので、ここは一つ今後のためにも利便性に対して投資してみるのもいいかもしれないと考えたわけだ。

とりあえずは、ある程度荷物が積める大きさの軽自動車が良いだろうか。

車の免許はすでにある。

最初はちょっと擦ったりしても問題ないように中古車くらいでもいいかもしれない。

そういうわけで、俺は琴葉が塾でダンジョンに一緒に行くことができない明日の仕事終わりの時間を使って、中古車販売店に顔を出すことにしたのだった。

◇

「お、なんだ如月？　車を買うつもりなのか？」

「あ、はい。そうなんですよ、緒方さん。中古でいいんで、荷物が積める軽自動車くらいで何かいいのがないかなと思って見てるんですよ」

琴葉の家でゆかりさんと会い、おいしい夕食とお菓子をごちそうしてもらった翌日のこと。

俺は職場の事務所で昼飯を食べながらスマホを見ていた。

中古車情報が載っているサイトで適当に条件検索しながら良さげな車はないだろうかと画面をス

クロールしていた。

そこにたまたま事務所に入ってきて俺の後ろを通った緒方さんが、俺のスマホ画面を見て声をかけてきた。

そういえば、緒方さんは車とかが好きだったんだっけ？

前にちらりとそんな話を耳にしたような気がする。

が、その時の俺は車に対してさして興味がなかったので気にもしていなかった。

「車を買うつもりなんだったら、俺が人を紹介してやろうか？　中古の車はスマホのサイトだけじゃわからんから実物を見たほうがいいぞ」

「そうなんですか？　でも、俺は実物を見ても車の良し悪しってわからない気もするんで、とりあえず値段だけでも見ているんですよ」

「まあ、それも悪くないのかもな。値段だけならインターネットで調べたほうが安いのはあるだろうし。けどな、如月。車を買うときに重要なのは交渉力だぞ」

「交渉力、ですか？」

「そうだ。別名、値切り力ともいうな。同じ車でも買う人の交渉力で値段なんて結構変わってくるものなんだよ。単純に車本体の値段を下げる交渉もそうだし、購入するからオプションをおまけで付けてくれ、なんて言って結果的に総額を安く済ませたりな」

「へえ。そうなんですね。でも、それも自信ないですよ。俺だったら相手の言い値で買うかも。っていうか、今までサイトを見ていて値切ることなんて気にしていなかったですし」

「だろうな。まあ、初めて車を買うやつってのはだいたいそうだよ。そういうのは経験を積んでいって覚えるもんだからな。よし、それじゃあ、俺が一緒についていって交渉してやろう。如月の代わりに話を付けていいものをなるべく安く手に入れられるようにしてやろうか」

おお。

なんか知らないけど、緒方さんが燃えている。

仕事終わりに緒方さんの知り合いがやっている中古車を扱っている店に行って、値段交渉までしてくれるのだという。

本当に安くなるんだろうか?

うまいこと言っているだけで、実は車の販売に仲介して入ることでキックバックでももらえるとか、そんなことはないだろうか。

いきなりおせっかいを焼いてくれる気になった緒方さんを見て、俺は思わずそんなことを考えてしまった。

だけど、それでもいいか。

車を買おうかと考えたものの、車そのものに対しての所有欲というのは俺にはあまりない。

だからか、かっこいい車が欲しいだとか、有名な外車がいい、なんて欲がないのだ。

きちんと動いて荷物を運べれば十分なのだ。

あくまでも足になればそれでいい。

ならば、緒方さんに交渉を任せてもよいかもしれないと考えた。

予算の額をきちんと伝えて、それを超えない範囲で値段交渉してくれて収めてくれさえすればどんな車でもいいしな。

ちなみに中古車の購入を考えたときに、電気自動車にしてみようかとも頭に浮かんだ。

電気自動車はバッテリーの電力を使って動くからだ。

バッテリーを琴葉の【錬金】で魔力バッテリーにしてしまえば、ガソリン代がいらなくなるのではないかと思った。

が、そのことを琴葉に言うと、多分無理なんじゃないかとのこと。

というのも、小さな乾電池やスマホのバッテリー程度であればスライムの核から採れた魔石でも【錬金】で魔力バッテリーとすることができたが、自動車レベルの重たいものを動かすことを考えるとできない気がする、らしい。

【錬金】のスキルレベルが足りないというのもあるし、素材として使う魔石ももっと高レベルでなければ実用に足る魔力バッテリーにはならないのだろう。

もし下手に【錬金】して失敗すれば買ったばかりの車が動かなくなってしまうしな。

それに、魔力バッテリーは【収集】を使って魔力を集めれば充電できるかもしれないが、それはあくまでも魔力が満たされた空気があるダンジョン内に限ってのことだ。

日常生活で使うならば、普通の車のほうが便利だろう。

っていうか、魔力バッテリーを積んだ車なんて車検とかに通らなさそうな気もするので、やっぱり普通に買ったものを使ったほうが無難だろう。


というわけで、仕事終わりに緒方さんに連れられてやってきた小さな店。

どちらかというと小汚い狭い整備工場みたいなところのそばに駐車場があり、そこに十数台の車が停《と》めてあるだけだ。

個人でやっている店で、全国チェーン展開しているとかそういう感じではなさそうだ。

そんなお店で緒方さんはいくつもの車のボンネットを開けさせてエンジンを見たり、外装に傷がないかを入念に確認したり、あれやこれやとチェックをしながら店員さんと話をしていた。

そうして、どうやら緒方さんのお眼鏡にかなう車があったようで、そこからは駐車場ではなく店の狭い建物の商談スペースへと場所を変え、値段交渉を開始した。

長く苦しい戦いだった。

だが、苦しんだのは主に車屋の店員のほうだったようだ。

苦しそうな顔をしつつも、最後には笑顔で「緒方さんにはかないませんね。それならそちらはサービスさせていただきます」と言って、追加でなんらかの機械を付けてくれる約束もしてくれた。

というわけで、俺は完全に緒方さん任せに車購入の契約をしたのだった。

◇

緒方さんの紹介で訪れた中古車店で車の購入を決めた俺はその場で契約をした。

そして、その後は自分の住むマンションの管理会社と連絡を取り合う。

自動車は車本体を買えばすぐ乗れるわけではなく、そのほかにもいろいろな手続きを済ませておく必要があったからだ。

車屋店員さんと緒方さんに話を聞いて、まず行ったのが駐車場の契約だ。

幸いなことにマンションに付いている駐車場に空きがあるらしい。

そこを借りることとし、今度は車庫証明が必要ということでそちらの手続きを行う準備も進めていく。

ほかには任意保険も必要だろうということで、実際に事故したときの対応がしっかりしている保険会社はどこかなどを教えてもらい、資料請求をする。

また、高速道路を使ったときのことを考えて、今までは持っていなかったＥＴＣ用のクレジットカードも用意しておいたほうがいいだろうか。

今まで知らなかったが、思った以上にやらなければならないことが多くて大変だ。

自転車みたいに買って帰ったらすぐに乗れる気軽さがないな。

っと、そういえば、自転車屋にも顔を出しておこうと考えていたのだった。

「なんだ、如月？　車を買ったと思ったら自転車まで買うつもりなのか？」

「そうですよ。っていうか、そのために緒方さんが交渉している時に俺からも注文入れたじゃないですか。自転車を車の上に載せられるようにしたいって」

俺をマンションまで自分の車に乗せてきてくれた緒方さんがあきれたようにそう言ってくる。

車の購入や駐車場の契約、その他もろもろのほかに、俺はダンジョン探索用に自転車も買うつもりでいたからだ。

これも少し前から考えてはいたことだ。

きっかけはお野菜ダンジョンに入った時だ。

俺と琴葉がサクランボを採取するためにお野菜ダンジョンの中をテクテクと歩いている横で俺た

ちを追い抜いていった自転車があった。

真っ暗な洞窟内では使い道に乏しいだろうけれど、広く見渡せて明るいお野菜ダンジョンであれば自転車での移動は素晴らしい効率を叩き出す。

だけど、自転車でお野菜ダンジョンまで行くのは俺たちの家からではちょっと距離があった。

それが自分の車を買って、その車に自転車を載せられるのであれば可能になる。

休日にお野菜ダンジョンに行くときには自転車搭載で現地まで行ってコインパーキングに車を預けておき、ダンジョン内部に自転車を持ち運んで移動できるからだ。

そのための自転車だが、どうせなら楽できるものを買おうと思ったのだ。

俺が買おうと思ったのはＥ－Ｂｉｋｅだ。

電動アシスト自転車の中でも自転車のフレームがスポーツタイプのものをとくにそう呼んだりするそうだ。

町中のアスファルトが舗装されて走りやすいところならば、普通のシティサイクル型の電動アシスト自転車でいいのかもしれないが、お野菜ダンジョンの中は地面が土だからな。

マウンテンバイクやクロスバイクみたいなやつのほうが走りが安定しそうだ。

最近はそういうオフロードタイプの自転車にも電動システムが搭載されていて走りをサポートしてくれるものがある。

そして、そちらはバッテリーを【錬金】してしまうつもりでいた。

重量物である車を動かすための大容量バッテリーを魔力バッテリー化することはできないと思うと言った琴葉ではあったが、自転車ならできるかもしれない、とのこと。

実はゆかりさんの普段使っている自転車というのが電動アシスト自転車で、そのバッテリーを家で充電しているのを見て、なんとなくできそうだという感覚があったのだそうだ。

ならば、これから買うクロスバイクタイプのものであればできるだろう。

というわけで、自転車も中古で購入した。

電動アシスト自転車は中古だとバッテリーの持ちが悪いものがあるかもしれないけれど、魔力バッテリーにするならダンジョン内に限れば充電しながら走れるしな。

ただ、そのためにはレベルの高い魔石を用意しておいたほうがいいだろう。

購入した車はこれから整備をして車検を通してから納車される。

ということで、もろもろの手続きを終えて俺が乗れる状態になるまでにはまだしばらくかかるだろう。

それまでの間に今回購入した自転車を俺と琴葉分の二台、魔力バッテリー搭載型にするためにF－108ダンジョンで魔石に魔力集めをし続けよう。

今日一日でかなりの額を使い込んだ俺は、それでもこれからの活動範囲の拡大を思ってワクワクが止まらなかったのだった。

◇

「フンフンフーン」

「はっはっは。調子よさそうだな、如月。さすがは即決で車を買うだけあるな」

「うっす。結構散財したんで仕事はしっかり頑張りますよ、緒方さん」

車と自転車の購入をした翌日。

俺は朝から張り切って仕事をしていた。

誰よりも早く動き、重たいものを率先して運んでいく。

次々に指定された荷物を指定された場所まで持っていき、それを繰り返していく。

ただ、あまりに張り切りすぎただろうか。

今日の分の荷物が午前中でだいぶ片付いてしまっていた。

近くにいた緒方さんが、「これどうするよ？」などとほかの社員さんたちと話をしていたのも耳にしている。

普段からやることがなくなっても自分から何かできることを探してやるのが仕事だ、と主任が言ってくることが多い。

ただ、ここまで仕事の進むスピードが速いのは誰にとっても想定外だったのだろう。

さすがにスキルレベルが上がっただけある。

【重量軽減】に【体力強化】のレベルが上がったおかげで、俺一人で数人分の仕事ができてしまうくらいだ。

「っと、そうだ。あまり無駄話をしていても俺が怒られるな。如月、お前に呼び出しがかかっているぞ」

「呼び出しですか？　俺、何かしましたか？」

「さあな。現在進行形でやっているといえば、そうだろうが。とにかく社長が呼んでいるそうだ。さっさと行ってこい」

「え？　社長が？　わかりました。すぐに行ってきます」

急な呼び出しがあるという緒方さんの言葉を荷物を持ちながら聞いていたが、まさか社長からだとは思わなかった。

俺が勤めている会社は大きなものではない。

なので、社長とも仕事中にすれ違って挨拶をすることは普通にあるのだが、一番立場が下の入ったばかりの俺が呼び出されることは今までほとんどなかった。

何か用事があったっけかな？

手にしていた荷物を急いで運び終えた俺は、すぐにいつもの事務所の奥にある扉へと向かう。

そこに社長がいるはずだからだ。

「失礼します。如月です」

「おう、来たか。入ってくれ」

扉をノックして声をかけると、すぐに返事が返ってきた。

社長の声だ。

年齢が五十代の社長はもともと別の会社に勤めていたらしい。

そして、そこで経験を積み、独立して今の会社を作り、育ててきた。

なので、この会社はほぼ社長のワンマン会社といっていいかもしれない。

ただ、悪い会社ではない。

むしろ、俺はここに就職できて良かったと思っている。

もともと、人脈を持っているということから仕事を常に受注し続けているらしく、経営状態は良いと聞いている。

さらには社長自身が社員として働いていた時に感じた嫌なことを、自分の社員には体験させたくないという思いから、割と福利厚生には力を入れているらしい。

おかげで俺は仕事を定時で上がることができているし、ダンジョンにも潜ることができている。

今年高校を卒業してそのまま就職した俺にとってはいい会社ではないだろうか。

が、それゆえに緊張する。

もし俺が気が付かないうちに大きな失敗をしていたら、社長の一言で思いもよらない事態になるかもしれないからだ。

社長室、というには乱雑に書類が積み上げられた机の前に椅子がある。

部屋に入った俺は社長に勧められてそこに座る。

そして、それを見て社長は机の上にある書類の束を脇へとどけるようにしてから、俺に話しかけてきた。

「作業中にわざわざ来てもらって悪いな、如月君。ちょっと聞きたいことがあってね」

「はい。なんでしょうか、社長」

「主任の山田君から、最近倉庫の荷物移動の作業がかなり早く終わっているという報告が今週から入っていたんだ。で、聞くところによると如月君がかなり頑張って仕事してくれているみたいだね。助かっているよ」

「あ、はい。いえ、仕事ですから」

「そうか。ただ、昨日今日はかなり仕事の進み具合が早いみたいだね。で、如月君に聞きたいんだが、どうやっているのかな？　僕も今日、倉庫で君が仕事をしているところを見たけど、重い荷物をいっぺんに運んでいただろう？　しかも、箱をいくつも積み重ねて。あれは普通だったら箱が傷むから禁止なんだが、確認したら箱には傷が一切見られなかったから気になってね」

……そういえば、あったな。

本来であれば積み重ね禁止と言われているやつがあるのだが、スキルを使っていたので油断していた。

【重量軽減】は俺が荷物を持っている間は物理的に重さが軽くなる。

だから、積み重ねても上の箱の重量で下の箱に傷がつく、なんてことはないと思って時間短縮のためにやっちまった。

どうしようか。

すぐに謝るべきかもしれない。

が、社長の話ぶりは決して俺のミスを問い詰めて怒ろうという感じではない。

ならば、言ってしまおうか。

ダンジョンに潜り、【運び屋】としてのスキルを得たことでの行動である、と。

少し考えた後、俺は自分の現在の能力について社長に説明することにした。

「ふーむ。つまり、如月君はダンジョンの探索者ライセンスを取得して【運び屋】という【職業】を得たから、これほどまでに仕事を早く終わらせられるようになったと言うんだね？」

「はい。ただ、正確に言えば【運び屋】の【職業】が持つスキルのレベルが上がったから、ですね。ライセンスを取得しただけの状態だと、それまでとあまり仕事をこなす速度は変わりませんでした」

俺が探索者となったこと。

そして、ライセンスを得てダンジョンで【運び屋】になったこと。

さらに、その【運び屋】が持つスキルが育ったこと。

最近の俺の仕事ぶりを説明するのに、俺はそれらのことをすべて説明した。

どう言われるんだろうか。

すごくドキドキしている。

と、いうのも、俺は社長から「ダンジョン探索禁止」と言われないかと危惧したからだ。

この会社は副業禁止だとは聞いていない。

なので、社員によっては定時に仕事を上がった後に、別のバイトを深夜に入れている人もごく少数だがいる。

聞いた話だと離婚して養育費を支払うためだとか、そんな理由だったはずだ。

なので、その点からいえばダンジョンの探索者ライセンスを取ったこと自体はとがめられることではないと思う。

ただ、ダンジョンは場所によっては危険もある。

お野菜ダンジョンのようなほのぼのした場所もあるにはあるが、やはり基本的には危険な場所であるからな。

で、もしも俺が会社の社長だったらどう思うだろうか。

自分の会社の従業員が危険な場所に夜な夜な足を運んでいると聞いて、思い浮かべるのは何か。

それは、怪我をして翌日に仕事を休まれるリスクではないだろうか。

つまり、社長から社会人としてのリスク管理として、ダンジョン探索は控えるようにと言われても決しておかしくはないのだ。

そうなったらどうしようか。

単純に想像しただけでも嫌だなと思ってしまう。

ダンジョン探索は楽しんでやっているし、レベルが上がるのもうれしい。

それに、琴葉と一緒にダンジョンに潜るために車まで買ったからな。

別にダンジョン探索を仕事として稼ぎたいとまでは思っていないが、せめて探索者になるために、そしてなってからのかかった費用分くらいはもっと楽しみたいのだ。

社長の一言によっては、俺は進退を考えないといけないかもしれない。

本気でそう考えた。

思わず、目の前にいる社長の顔をじっと見つめる。

何かを考えているかのように少し伏し目がちのその目を俺は睨《にら》むように見つめていた。

「……お、おいおい。怖い顔をしないでくれよ、如月君。別に何も探索者になったことをどうこう言うつもりで呼び出したわけではないんだ」

「そう、ですか。ありがとうございます。実はちょっとそれを心配していて……。では、これからもダンジョンには潜ってもいいですか？」

「ああ、かまわないよ。まあ、怪我にだけは十分に注意してくれ」

「はい、もちろんです」

良かった。

もしかしたら、俺はダンジョンを諦めるか、勤務先を変えるかの二択を迫られるところだった。

だが、どうやら社長にはそんなつもりはなかったようだ。

むしろ、改めてこうして許可を得られたというのは大きいだろう。

堂々とこれからもダンジョンに行くことができるのだから。

「もう一度確認したい。ダンジョンに入って得られるスキルというのは、レベルが上がれば誰でも如月君のように仕事を早くこなす役に立つものなのかい？」

「え、まあ、多分。私も最近探索者になったばかりですからちゃんとは知りませんが、今の自分と同じことをするだけならできるんじゃないでしょうか。あ、でも、【運び屋】じゃないと荷物運びは早くならないと思います。違う【職業】だと持っているスキルが違うので」

「うーむ。だがな、如月君。実はこの物流業界でもダンジョンができて以来、【運び屋】というものに注目が集まったことがあったのだよ。だが、結局はあまり役に立たないと言われたんだ」

「え？　そうなんですか？　倉庫仕事や物流の仕事だと絶対に役立つと思うんですけど」

「うむ。如月君の仕事ぶりを見ていたら、私も同意見だ。と、いうわけで私はここでチャレンジをしてみたい。君も私のチャレンジに付き合ってもらえないだろうか？」

チャレンジ？

なんのことだろうか。

いきなり社長のこれからの行動に付き合ってほしいと言われ、なんのことだろうと思った俺はそのまま社長の話に耳を傾けたのだった。

◇

「……ふう」

社長との面談を終えた俺が社長室から出て、大きく息を吐き出した。

やっぱり緊張していたんだろうな。

一気に体から力が抜けたようだ。

そんな俺の姿が見えたのか、事務所の外にいた緒方さんが手でジェスチャーを送っている。

ちょいちょいと指先を動かして招き寄せるようにしていたので、それに吸い寄せられるように俺は事務所から出て、緒方さんがいるほうへと向かっていった。

「おう。どうだった、社長との話は?」

「ちょっと緊張しましたね。別に怒られる話ではなかったんで、心配する必要はなかったんですけど」

「どういう話が出たんだ?」

「んー、そうですね。基本的にはこれから仕事量を増やしていこう、って感じの内容でしたよ」

「っげ、やっぱりか。まあ、そうじゃないかと思ってはいたんだがな。如月がここまで早く作業を終わらせちまったら、することなくなるしな。ってことは、これからはもっと荷物の搬入量が増えるわけか」

「そうなるかもしれませんね。っていうか、社長が緒方さんのことも呼んでいましたよ」

「俺をか？　わかった、行ってくる」

緒方さんに社長との話し合いの内容を聞かれた。

それに対しての返答としては間違ったことは言っていない。

あまりにも早く荷物の移動が終わるのであれば、もっと他社からの仕事を引き受けても大丈夫だろうか、という話も実際にしたのだ。

【運び屋】としてスキルのレベルが上がった俺の登場により、一日でこなすことのできる仕事量というのが大きく変化した。

そして、それを社長やほかの人間は読めない。

どのくらいの余力が作業している者にあるのかがわからないからこそ、その元凶である俺に直接確認したというわけだ。

そして、俺は今の倍であっても仕事を終わらせられる自信があると答えた。

その結果、ならば引き受ける荷物の総量を増やしていこうということになった。

なのだが、ここで問題がある。

それは、俺一人の能力で職場全体の仕事量を増減させるにはリスクがある、ということだ。

まあ、当然だろうと思う。

例えば、今の二倍、三倍の量の荷物を移動できる能力があったとして、それが俺一人の力に頼ったものであったたら、俺がいなければできないということにもなるからな。

ダンジョンに潜る俺がいつ怪我をして休むかわからないし、風邪をひいて休むこともあるだろう。

有休を消化することだってあるわけだ。

だが、一人に休まれたことで仕事が完了しないということになれば会社としての責任につながっていく。

そこで、社長の言うチャレンジの話が出たわけだ。

俺一人の力に依存《いそん》しないためにどうするべきか。

それは、ほかにも俺と同じくらい動ける人間を入れる、というものだった。

一人の力に依存せず、全体の底上げをしていく。

そうすれば、誰かが休んで欠員が出てもリスクヘッジができるというわけである。

そのために、社長はこの職場に【運び屋】を増やす計画をたてた。

俺と同じように【運び屋】の【職業】を持つ者がいて、そのメンバーが倉庫で仕事をこなせば、今よりももっと稼げる。

では、どうやって【運び屋】を増やしていくか。

最初、社長は今いる社員にライセンスを取ってもらうことを考えていたようだ。

教育訓練給付金制度というものがあるらしい。

昔からある制度だそうで、国がやっているものだ。

働いている者が主体的に能力開発を行っていく支援をする制度だそうで、ようするに資格を取る勉強にかかるお金の一部を出してくれる。

その教育訓練給付金制度の中にダンジョンの探索者ライセンスも入っているのだそうだ。

国は学生に学割を用意しているだけではなく、仕事をする者にも手を差し伸べていたらしい。

もっとも、今年働き始めた俺はその受給要件を満たしていないのだそうで、その制度は使えなかったのだが、なんとなく損した気分になった。

つまり、この制度を用いてライセンス取得にかかる金額が一部免除されるわけだが、さらにそれにプラスして会社からも支援金を出そうと考えているらしい。

会社の仕事のためにライセンスを取ってもらうのだから、ということである。

ちなみに、ライセンスを取るまでに講習に出る必要があるが、その講習出席のための時間も業務時間とするとのこと。

何それ、うらやましいんだけど。

社長の話を聞いて、思わずそう思ってしまった俺は悪くないはずだ。

そんな俺の表情が出たのだろうか。

社長は俺を見ながら、わかっているさ、などと言う。

何がわかっているのか、俺にはわからなかった。

もしかして、すでにライセンスを取った俺にも何か手当を出してくれたりするんだろうか？

だが、違ったらしい。

次に、社長の口から出た一言に俺は驚いてしまった。

「【運び屋】チームの副主任は如月君に任せようかと思うが、どうだろうか？　主任はそうだな。私は緒方君あたりが現場をまとめてくれればと考えているのだけれど」

すごいな、うちの社長。

昨日今日の現場の状況を見て、新しく福利厚生を充実させるどころか、人事異動まで考えちゃったのか。

っていうか、それって俺が昇進するってことになるのか？

働き始めて半年くらいのペーペーなんだけどな。

それだけ、スキルの力を目にして驚いているってことなのかもしれない。

こうして、俺は社長の言うチャレンジに飛びついた。

社長の言う【運び屋】チームでの倉庫仕事をするというのは、俺にとってもメリットが大きいので断る理由もなかった。

もしも、身の回りを【運び屋】で固めれば、俺の【収集】スキルの使い方で周囲の人間の熟練度もしっかり上げられることだろう。

こうして、俺の勤める会社は社長の鶴の一声で新たな環境に生まれ変わることとなったのだった。

◇

「へぇ。おめでとう、マー君。昇進なんてすごいねぇ」

「ありがとう、琴葉。けど、おかげで今日は帰るのが遅くなったからダンジョンには行けなかったよ」

トップの社長によるワンマン経営の会社における迅速な人事の結果、俺は平社員から昇格することに決まった。

【運び屋】チームを社内で結成し、そこの副主任となる。

俺と社長との話し合いの後に、緒方さんも社長と面談し、そしてそのチームの主任になることに決まった。

午後からはそのチームについての話し合いをずっと続けていた。

「んー、でもさ。それって本当にうまくいくのかな？」

「どういうことだ？　何かまずいのか、琴葉？」

「まずいっていうか、ちょっと疑問に思っただけなんだけどね。【職業】って自分では選べないし、誰がどんなものになるのかはわからないでしょう？　会社でお金を出してライセンスを取ってもらっても、全員が【運び屋】さんになれるわけじゃないと思うんだけど」

「ああ、そのことか。ま、それはもちろんそうだし、社長にもそのことは伝えたよ。そのうえでの人事かな」

俺がスキルを伸ばしたことで作業を格段に早く終わらせられるようになったことから始まった今回のことだが、琴葉の言うように社長の思った通りにはいかない可能性は高い。

後から聞いていた話と違うと俺が責められても困るため、そこは緒方さんが同席した場できっちりと説明を行った。

そして、そのことについては社長も理解をしてくれたと思う。

なので、会社からの支援によりライセンス取得を促すのと同時に、人材募集もすることに決まった。

というか、むしろこちらのほうが社長の狙いなのではないだろうか、とは緒方さんの言葉だ。

社内にいる者が【運び屋】になるよりも、すでに【運び屋】という【職業】についている者を採用していくことになりそうなのだ。

基本的にはダンジョンに入りモンスターを倒して【職業】を得るのはメリットが大きい。

ただ、ハズレ【職業】と呼ばれる【運び屋】は、社会的にも埋もれがちなのだそうだ。

ぶっちゃけ、荷物を移動させるだけであれば人数を増やすことでも対応できるし、あまりにも重い荷物はスキルがあっても持ち運べない。

それに、ダンジョンが出現した後に、【運び屋】を物流業界が活用しようと模索した時期もあったそうなのだ。

これは緒方さんも知っていたようで、俺に説明してくれた。

仕事をしながらスキルを育てることができるのは確からしいのだけれど、それには時間がかかるというのが問題だったらしい。

スキルレベル二や三程度なら比較的短時間でレベルが上がる。

が、どうやらそれ以降はレベルが高くなるほど次のレベルまで上がるのに時間がかかり、数年単位が必要なようだ。

そのため、あまり効果を感じられない期間が長く続き、だったら【運び屋】にこだわる必要はないよね、となってその動きは減少の一途をたどった。

当時はダンジョン探索が広まり始めた段階だったからか、長期的な育成という観点はあまりなく、すぐに役に立つ即戦力となる【職業】でなければ低評価だったのかもしれない。

【運び屋】がハズレと言われるのは、ダンジョンに限らず、そんな現実世界での動きもあったようだ。

だが、俺は違う。

短期間でスキルレベルを上げて作業効率を格段に上げたという実績が目の前にある。

もしも、俺のようなケースをほかの人にも適用できるのであれば、【運び屋】を雇い入れる意味が出てくる。

しかも、それは探索者ギルドに対しての有効なカードにもなるらしい。

「【運び屋】さんを雇うのが、ギルドと何か関係があるの?」

「どうも、ギルドも、っていうか国か。そっちも【運び屋】の扱いに困っているらしいよ。で、そいつらの有効活用をする組織は優遇措置があるとかいう話だ」

探索者ギルド、というのはあくまでも俺たち一般人が使っている通称だ。

正式にはダンジョン管理庁という国の機関である。

そんなギルドはハズレ【職業】と揶揄《やゆ》される【運び屋】の活用方法がないか気にしているらしい。

ライセンス取得に相当の金額を取られるのに、ハズレと言われる【職業】があるというだけで、ライセンスを取得する人の数が減る、というのがあるのかもしれない。

当たりと呼ばれる【錬金術師】と比べても【運び屋】は出現率高めな【職業】であるからな。

ダンジョンでの活動ではあまり役に立たないと言われる【運び屋】でも、現実の仕事で優遇されるとなればハズレと言われることもなくなり、ひいてはライセンス取得者数の増大《ぞうだい》につながるだろうというわけだ。

そこで、【運び屋】などのハズレ【職業】を数多く雇い入れる企業には優先的にダンジョン素材の運搬・管理の仕事を回す傾向があるらしい。

うちの社長はどうやらそこに食い込んでいきたいのだろう。

つまりは、ギルドを通して【運び屋】の探索者ライセンス持ちに求人をかけ、そこで得た人材を実際に有効活用できているところを示したいわけだ。

だからこそ、新人の俺が副主任に抜擢《ばってき》された。

【運び屋】連中をまとめて仕事をしていくのは、あくまでも主任になる予定の緒方さんの仕事だ。

俺に求められる仕事は、現在ダンジョンの中でも外でも役に立たないと言われる【運び屋】連中を使い物にすることである。

「え、それってもしかして、マー君がレベル上げを手伝うの？」

「多分そうなるかと思う。何人が入ってくるかは知らないけど、【運び屋】の【職業】を持った人を俺が育てることになりそうだ。で、今日の話し合いでは社長にこう言ったんだ。スキルを育てるなら倉庫での日常業務だけでもいいけど、ダンジョンに入ったほうが効率いいですよ、ってな。こ

うすれば、俺は仕事でもダンジョンに入れることになる」

まだまだこれからの予定ではあるが、琴葉に言ったように俺がダンジョンに入れる時間帯が変わりそうだ。

うまくいけば、日中もダンジョンに行って部下となる人のレベリングに行けるかもしれない。

そうなれば、部下だけではなく俺のレベルも上げられることだろう。

だからこそ、俺は社長の話に飛びついたのだ。

どうなるかはわからないが、新しく社内に誕生するであろう【運び屋】チームをどう育てていくか、今から妄想を膨らませていった。


俺の職場に変化が表れる。

琴葉にはそう言ったが、そうなるまでにはまだ時間がかかるだろう。

ライセンスというのはすぐには取れないし、求人を出してもすぐに採用したりはしないだろうからだ。

多分、最短でも一月、一番あり得そうなのは翌々月の頭からの新体制となるだろうか。

それまでが勝負だ。

「勝負って、なんの勝負なの、マー君？」

「決まっているだろ。俺のレベル上げのことだよ」

俺は今、F－108ダンジョンにてスライム相手に無双をして、さらには【収集】スキルを用いての効率的なレベル上げをしている。

このやり方はおそらくは世間的には広まっていないと思う。

少なくとも俺がネットで調べた限りでは見当たらないやり方だった。

そのため、このレベル上げの方法は俺と琴葉で秘密にしている。

だが、仕事として新しく俺の下につく部下のレベルを上げるなら、このやり方を使っていくことになると思う。

というか、そうしないといつまでたっても倉庫仕事でのバランスブレイカーが増えていかないからだ。

最初は秘密主義を貫いて、部下をダンジョンに潜らせずに熟練度だけを【収集】してスキルレベルの向上にとどめようかとも考えていた。

しかし、それはやはりあまりうまくない方法だろうと思う。

倉庫での仕事で重たい荷物を持って動き回る新人たちを俺が自分のスキルを使って熟練度を【収集】し、各人の体に収めていく。

これだけでも、それまでよりは効率的にスキルレベルを上げることはできると思う。

だけど、スキルのレベルだけを上げても今の俺のように仕事で目を見張る働きができるかどうかは微妙だと思ったからだ。

俺が数人分の仕事をできると社長に豪語し、それが実際にほかの職員の目から見ても同意できるようになったのはスキルのレベルが上がったからだけではない。

肉体レベルも上がったからだ。

今の俺の肉体レベルは十一だ。

そして、多分国内にいる【運び屋】にこの肉体レベルの人はあまりいないんじゃないかと思う。

実際に自分の手でモンスターを倒さなければレベルが上がらない。

これまでの通説はこうだった。

そして、それを信じてレベル上げをしようとした場合、とんでもない数のモンスターを倒さなければレベルが十を超えることはないだろう。

モンスター退治で肉体レベルを上げるのは、既存の方法では難しいが、だからといって、スキルレベルもそう簡単には上げられない。

緒方さんが言っていた、かつて【運び屋】が現実世界での仕事でスキルレベルを上げようとしたことがあったが、あまりにも時間がかかりすぎて業界全体で広がらなかったという話があった。

最初の一か二くらいだったらまだいいのだが、それ以上になると必要になる熟練度、そして経験値が加速度的に増えていくのだろう。

ダンジョン内で銃をぶっ放してレベル上げをする【運び屋】の存在なんて海外の話であり、日本ではまずいないからな。

国内の【運び屋】の肉体レベルは一般人と大差ないものとならざるを得ない。

【重量軽減】や【体力強化】のスキルレベルを多少上げたところでは全然足りない。

で、話は戻る。

俺が社長から求められるであろう【運び屋】チーム副主任としての仕事は、今の俺と同程度の作業量が可能な人材を育てることだ。

ということは、おおよその要求スペックは決まってくる。

肉体レベル五以上、【重量軽減】レベル三〜四、【体力強化】レベル三〜四。

これくらいが相場となるのではないだろうか。

今の俺の肉体レベルよりも半分くらい低いけれど、文句は言われないと思う。

現状の俺のレベルについて細かい数値は伝えていないしわからないだろう。

また、これを達成するために、俺は自分で発見した手法をいちいち説明してやる気はない。

だって、やり方は【運び屋】であれば誰でもできる簡単な方法だからな。

もしも、こんな簡単なやり方でレベルが上げられるんだとわかれば、俺が副主任として新人たちの上に立つ必要などなくなってしまう。

なので、俺がやるべきは、手法を秘匿しつつ新人たちの肉体レベルとスキルレベルを上げることになる。

新人は俺という指導員とともにダンジョンに潜ってレベルを上げる必要がある、としつつ、その道中で得られる戦利品はすべて俺が【収集】することに同意すること、とでも取り決めておくように話しておいたほうがいいかもしれないな。

この条件をのむのであれば戦利品として経験値や熟練度を俺が【収集】できるようになるからだ。

詳しい説明がなければ、なぜこんなにも短期間でレベルが上がっていくのかがわからないだろう。

いつか気づく者がいるかもしれないけれど、それはまあ考えないものとする。

「と、いうわけで、今後俺の前に現れる新人社員になめられないように、可能な限り俺のレベルを上げておこうと思うんだ。場合によってはライセンス取得の最後のやり方の時みたいに、モンスターのとどめだけでも新人にやらせれば言い訳は利くと思うしね」

ダンジョンでは一体でもモンスターを倒せば【職業】と【スキル】が得られる。

そのために、ライセンス取得では座学での講習を修了した者はダンジョン内に入り、モンスターを倒す。

その時のやり方のことを思い出しながら、俺は琴葉へと説明する。

あの時は初めてのモンスター退治ではあったけれど、決して戦いなどという行為ではなかった。

ギルドが管理しているダンジョンに入り、そこで出された小動物型のモンスターの命を奪う。

ただそれだけの作業だ。

まな板の上に置かれた魚に包丁を突き立てる、くらいの労力でしかない。

おかげで、俺はモンスターを倒したという経験を得たものの、自力で入った初ダンジョンのお野菜ダンジョンでのウサギ狩りでは攻撃を当てるどころか追いつくこともできなかった。

今から考えるとモンスター退治という狩りをしたこともなかったのだから、当然と言わざるを得ない。

そう考えると、会社での新人教育も同じようなやり方でやってもいいかもしれない。

どこか適当なダンジョンに入り、重たい荷物を背負わせて延々と歩いた後に、モンスターハウスにてこれまた攻撃し続ける、という普通では起こり得ない行動をさせてみようかな?

そのためにも、俺は新人たちが成長した後も圧倒的に強者の立場を維持できるくらいにはレベルを上げておきたい。

ただ、ステータスを上げるだけではもしかすると足りないかもしれないとも思った。

というのも、俺の年齢がまだ若いということがあるからだ。

人は相手のことを評価する際に「中身を見て評価すべき」であると理性的には考えても、実際には見た目で評価するのがほとんどだと思う。

相手が自分よりも若ければ、それだけで相手を下に見てしまうということもあるだろう。

俺はまだ世間的には学生といってもいい年齢だから、どうしてもそういうふうに見られてしまう可能性がある。

いかに社長が新規に【運び屋】を採用し、その際の面接で俺のことを上司になる人間だと説明しても、相手の心の中までは操ることはできない。

だが、だからといって、俺の年齢を引き上げることは無理だ。

ならば、見た目から変えていく必要がある。

……どうしようか？

俺は自分の外見を頭に思い浮かべ、まず最初にどこをテコ入れするべきかを考えた。

「やっぱり、まずは武器を替えるべきかな？　いくら便利でも、スリングショットを使っているってのは見た目がかっこよくないよな」

【運び屋】を育てるための人間としての姿を想像したときに、自分なら上司がスリングショットでモンスターを倒しているのを見てどう思うかを考えてしまった。

スリングショットは非常に便利で有用な武器だと俺自身は確信しているものの、国外ならともかく、日本国内での一般的なイメージは子どもが使うおもちゃだ。

Yの字形のパチンコとでもいうようなものを直属の上司が使っていたら、いくらその人のステータス上のレベルが高くても尊敬はしないような気がする。

なので、今後のことを考えるとダンジョン内で使用する武器は変更する必要があるかもしれない。

何がいいだろうか？

スリングショットよりもかっこよく、しかし、【運び屋】としてのスキルである【収集】をフル活用しながらモンスターを数多く倒せる遠隔武器。

そんなものがあるだろうか？

できれば、今以上の攻撃力も持つ武器で、スライム以外のモンスターにも通用するものが望ましいだろう。

「ってなると、やっぱ刃物が一番かな。剣、は近距離用だから、離れたところの相手にも通用して攻撃力が今以上にあるとなると、投げナイフとかがいいかもな」

自分の中で夢想する。

体に装備した無数のナイフを投げて敵を倒し、さらに投擲《とうてき》した武器を一瞬で【収集】して再利用することで、無限の手数を持つ自分の姿を。

割と、アリ、ではないだろうか。

一度に十数本のナイフで同時攻撃、なんて割とかっこいい気もする。

よし、善は急げだ。

琴葉の【錬金】でナイフを作ってもらい、それを使いこなす訓練をしていくことにしよう。

こうして、俺は【錬金術師】である琴葉のためだけではなく、自身のためにも新たなダンジョンへの取り組み方を考えながら、行動を開始していくのだった。

あとがき

皆様、はじめまして。カンチェラーラと申します。

まずは、本書『ハズレ職業【運び屋】になった俺はダンジョンでレベルを上げる』を手に取っていただき、ありがとうございます。本作は、私が好きなダンジョンものの中でも、ファンタジー世界ではなく現実世界にダンジョンが現れたらという、いわゆるローファンタジーに分類される物語です。以前から書きたいと思っていた内容を、趣味として小説投稿サイトに発表していたものが、まさか書籍化されるとは夢にも思いませんでした。

それが実現し、このように日の目を見ることになり、大変ありがたく思います。

本作は、私が書きたいと思った要素を詰め込んで作り上げました。その中でも特に意識しているのが、不遇な職業の一つとして認識されている【運び屋】になった主人公、如月真央くんの成長過程です。彼がハズレという前提に惑わされず、自分の目と実体験で試行錯誤を重ね、常識を打ち破りながら成長していく様子を書きました。

いきなり強大な力を手にして大暴れする展開も考えましたが、一歩一歩少しずつ成長していく過程を大切にして書こうと思っていました。

また、主人公がダンジョンに興味を持つきっかけとなった幼馴染の鏑木琴葉ちゃんも重要なキャラクターです。彼女は当たりの職業【錬金術師】を手に入れ、真央と一緒にダンジョン探索を楽しむ姿を見せてくれます。ダンジョン探索に熱中する主人公とは異なり、琴葉は手に入れた能力を活用しておいしいお菓子を作るなど、別の方向に楽しみを見つけています。彼女との関係の進展や、ダンジョン外での仕事の一面も描くことができ、ローファンタジーを書く楽しさを感じました。

本作は株式会社ぶんか社様より書籍化のお話をいただき、特に編集部のK野様をはじめ多くの方々のご尽力により、こうして出版までたどり着きました。

編集様には多大なご迷惑をおかけしながらも、さまざまなご意見をいただき、感謝しております。

また、イラストレーターの鈴穂ほたる様には、美麗なイラストを描いていただき、感謝の念に堪えません。小説の中から飛び出してきたのかと思うような生き生きとしたキャラクターたちの姿を見ることができて、本作の一ファンという目線から見ても各イラストに引き込まれていきました。

本作は、決して私一人の力では完成し得なかったと思います。ひとえに多くの方々のおかげで、こうして皆様の手にお届けすることができました。

この本を手に取っていただいた皆様に、心より感謝申し上げます。

それでは、またどこかでお会いできることを祈りつつ、失礼いたします。

カンチェラーラ

BKブックス

ハズレ職業【運び屋】になった俺は
ダンジョンでレベルを上げる

2024年9月20日　初版第一刷発行

著　者　カンチェラーラ
イラストレーター　鈴穂《すずほ》ほたる

発行人　今 晴美

発行所　株式会社ぶんか社
〒102-8405　東京都千代田区一番町29-6
TEL 03-3222-5150（編集部）
TEL 03-3222-5115（出版営業部）
www.bknet.jp

装　丁　AFTERGLOW

印刷所　大日本印刷株式会社

ISBN978-4-8211-4691-8